しぐさの日本文化

多田道太郎

講談社学術文庫

目次

しぐさの日本文化

ものまね Ⅰ

「そっくりショウ」というテレビ番組を見たことがある。有名歌手やタレントに「そっくり」の素人《しろうと》を集めてきて、歌をうたわせ身振りをさせる。そして最も良く似た（というより、よく似せた）出場者に賞金をさしあげるという趣向の番組である。ご覧になった方も少なくはあるまい。私は最も「日本的」な番組の一つにこれを推したいとかねがね思っている。日本人は物真似《ものまね》が好きで上手で、だからこの番組が最も日本的だ――というわけではかならずしもない。物真似ということに、私たちが置いている（皮肉なことにそれこそ独自の）価値が、この番組には浮き彫りされていると思うからである。

簡単に言ってしまえば、私たちは心の底では、物真似を悪いとは思っていないということなのだ。悪いどころかいくぶんなつかしくさえ感じているのではないか。そうでなければ「そっくりショウ」という物真似を眼目とする異様なあの独自のショーが大衆に受けいれられるはずがないのである。たとえばフランス国営放送の番組にイブ・モンタンそっくりの素人が出演して、イブ・モンタンを真似ることで喝采を博するといったことは想像もできない。万一、そのような光景が出現したとしても、モンタンは自分の独創を真似られることに不快を感じるであろうし、聴視者も真似芸を愉快とは思うまい（もっとも、気楽な寄席ふうのところで真似芸がないというわけではないが）。

＊

日常の会話でも、同種の価値観がひょいと顔をのぞかすことがある。初対面のグループに私なら私が加わったとき、そのグループの人びとから、私がだれそれに似ている、彼らグループの間では熟知のだれそれに似ているといわれることが少なくない（ある時など、私が女性編集者と二人でクラブで酒を飲んでいると、そこのホステスはその女性編集者を美人だとほめ、京マチ子に似ていると言った。そして私の方をもつくづくながめ杉狂児に似ていると言ったものである。私にとってこれはかならずしも名誉ある類似ではなかった。私は杉狂児氏よりはるかに若いのである。にもかかわらず、そのように評した人びとに悪意があったとは思えない。彼女らは、人と人との類似を良しとする無意識的価値観にしたがってそのように振舞ったまでなのである）。

あるグループに忽然《こつぜん》と未知の人が飛びこんできた場合、大抵は大いに警戒される。これはおそらく洋の東西を問わない。しかし私たちの社会では、その未知の人を既知のだれかと相似化することによって安心するという慣習がある。「似ている」ということは、それほどの力をもち、価値をもっている。

これはどういうことなのか。

速断はゆるされないが、ここには「独創」と「模倣」ということについての根ぶかい思想、感情がひそんでいるように思われる。

第一に、他人と似ていることは、それ自体良いことなのである。第二に、他人に似せようと努力することは、それ自体良いことなのである。

おたがいよく似ていることは、集団にとっての安心である。そこに人間と人間とのつながりがある。たんなる真似好き、模倣の才能といったものではない。

ロジェ・カイヨワは『遊びと人間』のなかで「計算の社会」と「混沌の社会」という区別を示した。計算の社会とは、私の言葉でいえば、個人の顔だちがはっきり他と異なっており、それらの違った個人の組合せで出来上った社会である。そこでは、競争と賭けの原理が働く。めいめいが違った能力を最大限に発揮する。能力の及ばないところは神に運命をゆだねる。そこに最大の効率がある。これに反し、混沌の社会では、自分が自分であることが放棄される。自分は、たとえばお人形ごっこやお芝居において「他者」となり、スキー遊びやマリファナにおいて、自分というものの崩壊する感覚をたのしむ。模擬と「めまい」の原理が働くのである。

　ところで、自分の崩壊が楽しめるというのは、その底に大きな安心があるからである。私たちの社会では、似た者どうし、強靭につながっている或《あ》る一体性が暗黙のうちに前提されている。だから、自分が自分でなくなっても、底の方にある一体性によって支えられるだろうという安心感がある。むしろ、自分が自分でなくなり、他者の「ふり」をするとき、この大きな安心感が湧出するといえる。

　次にあげるのは、日本の代表的な私小説家上林《かんばやし》暁《あかつき》氏の小説の一節である。目の不自由な妻の真似をすることで、深い愛に目ざめるというくだりだ。

「或る晩、夕飯を食べていると、電燈がふっと消えた。僕は、一物も見えない暗闇の中に坐って、箸を取り、丼を抱え、皿の大根をはさみながら、暫《しばら》くそうして食事をつづけた。蠟燭《ろうそく》もわざと点《つ》けなかった。日の光も電燈の光も射《さ》さない妻の世界を、実地に経験してみるつもりだった。それは恐ろしい世界であった。僕は忽《たちま》ち頭がのぼせ上り、胸の動悸が激しく打ち、思ってもぞっとして来るのであった。僕は直《す》ぐ蠟燭をつけた。一瞬にして僕は救われたが、そんな救いの全然ない妻の世界が、それだけ強く僕の頭に浮んで来た。それを、何んすれぞ、罵詈《ばり》を浴せ、腹を立てるとは？　僕は自分の罪の深さに、心が乱れた」（『聖ヨハネ病院にて』）

みごとな文章である。私たちの宗教的感情とは、おそらく、上林氏がここで暗示しているものがその核心なのであろう。「わが身つねって人の痛さを知れ」ということわざがあるが、真似の深い感情はそのような日常の倫理にとどまるものではないのである。

「僕」は偶然「妻」と同じ状況におかれる。次いで自覚的に「妻」の状況に身をおく。そこに戦慄がある。似ているのではなくして、しいて似せるところに、深い共感がうまれる。私たちにとっての真似の本義はおよそ右のようなものである。他人と切れてゆくところにではなく、他人とつながってゆくところに戦慄がある。

＊

西洋での宗教的戦慄の体験者であり表現者でもあるパスカルが、同時にパテント（特許）の最初の主張者であるというのは興味ある事実である。神の意志を自分が真似ることが、近代的個我意識をみちびき、やがてそれは大ざっぱにいえば神の否定にまでゆきつくのであるが、その場合、もはやたがいに真似るべき基準はどこにもない。めいめいが独創と創意とを競うばかりである。自分の特異性に力点を置き、それを社会に向かって強く主張する。そこに人の生きるべき道があり、またこれがパテントとして経済効果を生む。近代西洋人の独創の哲学（これも一種の「神話」であろうが）はこうして生まれた。

何はともあれ、人と変わっていることが良いのだ。そこで、美術にせよ音楽にせよ、先人とは変わっているものが、変わっているというだけで評価される。そのような異様な世界が生みだされる。技術にしても、何の役にたつのか、人類共同体にとって何の意味があるのか、といったことは問われない独創の崇拝が生まれる。もっと正確にいえば、十九世紀において独創であったものが二十世紀においては偏奇となり奇矯となる。

西洋に発したこの文明の流れははるか東方の日本列島の岸辺をも激しく洗っている。「岸辺をも」ではない。むしろ、最も強烈な洗礼をうけたのが近代日本である。これにはだれも異存はあるまい。

しかしその岸辺の土壌の奥深くには、真似を、模倣を良しとする哲学が根づよく生きのびている。私たちはここにもまた例の二重構造を見つけねばならないのだろうか。

速断する前に、もう少し「模倣とは何か」について、考えを深めねばならない。

ものまね　II

少し年をとってふとおどろくことがある。意外なところで父親とよく似たしぐさをし、表情をしている。そのことを他人に指摘されて気づくこともあるし、われながら、とおどろくこともある。こういう経験はほとんど万人のものであろう。

若い時にはなるたけ他人とは異なっていたい――父親を他人というのはおかしいが、しかし、父親と違ったことをし、違った態度をとることで自分の特異性、ひいては独創性を発揮したいと願う人はけっして珍しくない。ところが、そういう人にしてからが、おやじの年齢になると、ふと自分とおやじとの相似に気づくことがある。それも、仕事とか業績とか、そんな大したことではなく、たとえば日常の身振りといったごく些細なことに、しばしばその種の相似を発見するのである。

これはどういうことだろうか。

人の性格は遺伝で決まるのか、それとも心理学者のいう初期学習（幼少期の家庭環境などによる）で決まるのか。「氏より育ち」ということわざもあるが、遺伝と初期学習のそれぞれが性格形成にともに参与しているようである。

顔立ち、体格など、性格のきわだった表現であり、またその基礎ともなるものは、おおむね、遺伝による。しかし、もう少し表層的な身振り、しぐさなどは、多くは家庭での初期学習によるものである。何気ない父親の振舞い、母親の物腰というものが、いつのまにか私たちのからだにしみつき、それは心の奥深くにはいって、性格を形づくり、また性格の表現である身振り、しぐさというものを規定してゆく。それはほとんど無意識のうちに形成されるので、とくに若い時、つまり意識の統制のきびしいときには抑圧されていることが多いが、少し年をとって無意識の表明が活発になってくると、前述のようなおどろきとなり、確認となる。

人はいわば育ちをのがれられないのである。それとおなじく、一国の文化も育ちに似た無意識の部分をもち、これからのがれることはむずかしい。これをかりに、文化の中の身振り的部分、あるいはしぐさ的部分とよぶならば、この部分は、個人の育ちと同じく、模倣により成りたった部分である。

子供が母親のしぐさをまねて成長するように、ある文化は、それをになう人びとがたがいにたがいをまねあうことによって、成りたつともいえる。生き方をまね、個性をまね、ことばをまねることはかなりやさしい。それは多くは意識の部分だからである。

それに反し、身振り、しぐさをまねることはそれほどたやすくはない。これは多くは無意識の部分によりかかっているからである。それだけによけい、後者のほうが変わりにくく、恒常的であるといえる。

*

私たちはしばしば——あきれるほどしばしば、日本人のサルまねとか模倣癖とかいう自己批判のことばを、口にするが、じつは「模倣」とは、もっとも深い部分（個人や文化の）において右のような役割をはたしているのである。じつに、模倣がなければ一文化の成立と受けつぎは不可能でさえある。

地球上のすべての文化は、右のように模倣を不可欠の要素として成立している。しかし、とりわけ、模倣ということを文化の支配概念の一つとして尊重している国がある。すなわち中国である。中国の文化——というより、むしろその普遍性によって中国文明と言いならわされているこの国の文化は、少なくとも今世紀初めまでは、先人の模倣を軸として繰りひろげられてきた文化であった。

中国についての門外漢がいい加減なことを言っても信用はうすい。中国の芸術について吉川幸次郎氏は次のように述べている。

「もっとも重要なことと私が考えますのは、素材の固定ということであります。（中略）かく固定した素材による芸術的いとなみ、それは音楽にたとえれば、作曲でなくて、演奏です。楽譜はすでに与えられています。与えられた楽譜をいかに演奏するか、それが書の芸術です。演奏は、極度に慎重な場合は、臨書というかたちさえ取ります」（「演奏の芸術」『展望』昭和四十二年一月号）

事は書にかぎらない。たとえば画においても、倪雲林《げいうんりん》に倣うとか、黄大癡《こうだいち》に倣うとか、過去の大画家に倣うことが尊しとされる場合がある。こうした傾向を、西洋風の概念で模倣と呼ぶことにはいささかためらいがある。「臨書」とか「倣う」とかいっても、それは厳密に一点一画をなぞるのではなく、一定した形象にのっとりながら、しかも同時に微妙な個性をそこに発揮することに意味があったのであるから。

とは言え、もし西洋風の独創概念と対峙するものといえば、やはり模倣と呼ばずにはいられない。これは、ふだん私たちがサルまねと呼んでいるものとはかなりちがう文化概念であり、芸術の理念である。

西洋でも昔はアリストテレスの「自然の模倣」ということばに見られるように、模倣とはかならずしも悪い意味のことばではなかった。神のまねだということで、むしろ崇高なことであった。しかし、その神の栄光が怪しくなると、或る人びとは自分が神でなければならないと思いだしたのである。「もし神がないなら神を発明しなければならぬ」というわけだ。そこで「独創」概念がうまれる。そこにまた、この概念の特異性がある。

*

吉川氏は慎重に「模倣」ということばを避け「演奏」という比喩を使っているが、ともかく中国において先人尊重の風の生まれるのには、二つの積極的な理由があるという。これは傾聴すべき卓見である。

一つは「この国の文明の態度に普遍な、常識の尊重」あるいは「日常的なものの尊重」である。神仏といった他世界のものより身近なこの世のものを尊重しようという態度である。もう一つの理由は「芸術は人間の高貴ないとなみである以上、専門家の仕事ではなく、万人が参与し得る形態にあらねばならぬという精神が、そこに作用している」

日常的であり、しかも非専門家的である。とすれば、私たちがつね日ごろ先人のまねをして「個性」を作ったのとおなじく、芸文の世界においても「倣う」ということが大事なこととなってこないはずはない。他人から抜きんでることではなく、むしろ他人に倣い、そこに微妙の味を出すという態度が一般的とならざるをえない。

中国できらわれることの一つは「狂」ということである。良いのは狂ではなく地上の日常的なことを倣うことである。人間についていえば、独創でも偏奇でもなく、つねなる人が地上の芸術を倣う。そこに価値の発生と伝承とがある。

右のように考えてくれば「模倣」というのは、むしろ価値の発生源であって、けっして卑しむべきことではない。

ところで、中国のことはさておき、「サルまね」の国日本では事情はどうなのか。それはたとえば「演奏の芸術」を尊ぶ中国とはいちじるしく違うものなのか。

ものまね　Ⅲ

たとえば日本の陶工にとっての問題は、中国の陶磁をいかに良く「写す」かであった。乾山写し、明赤絵写し、何々写しということが、彼らの仕事であり、芸術であり、生涯であった。

河合紀氏《ただし》は次のように言っている。

「道八、保全、周平が、全力をあげて造り焼いたのは、文化の先達中国の陶磁であった。良く写すことが目的で創作などあるべくもないし、もしあったとしてもそれは駄目なものだと信じていたようだ。写しこそは日本の陶工の中心的美学であった」（「土。写しについて」）

観念にわずらわされることの少ない陶工について「中心的」であったものが、他の分野、他の学芸について虚偽であるはずはない。日本の学芸は「文化の先達」を写すことで成りたってきたのである。このことは、卑下することなく、十分認めておいた方がいい。

卑下することなく、というのは、繰り返していえば私たちは「独創」という観念の毒に十分ひたされており、したがって「写し」ということの価値が見えなくなりつつあるからである。だが河合氏が同じ文章で述べているように「写しは移しでもある」し「元来文化は写しの手法で移っていくもので、日本の姿もあたりまえと言えば言える」。次にこういう意味での「写し」に目を転じてゆかねばならぬ。

＊

文化とは写され、移され、そのことで根づく何ものかである。いや、その過程そのものが文化であると言ってもいい。ヨーロッパ文化といわれるものにしてからが、すでにそうである。ヨーロッパに文化の黄金時代を築いたルイ十四世の世紀は、ギリシャ・ローマの古典文化の「写し」の世紀であった。ソポクレスの、ユーリピデスの劇を「写す」ことに劇作家の仕事と生涯が賭けられていた。

「古今論争」というものが起こって、古人つまりギリシャ人と、今人つまり当時のフランス人とどちらがすぐれた文化をもっているかという論争がおこなわれたのは、「黄金時代」から十八世紀に転移する過程においてであった。そしてけっきょく、今人、すなわち新しいフランス文化の方がギリシャ・ローマの古典文化よりもすぐれているという結論が出て「近代」への道がひらけてゆくのであるが、まず第一に、こうしたことは、世界文化史の中での例外であるということを知るべきである。

第二に、ヨーロッパでさえも古典時代の文化を写し、移すことで、蒙昧なガリヤの地に古くて新しい文化を築きえたのだということは納得しておかねばならない。

もっとも私たちは、十七、八世紀のフランスよりもはるかに困難な状況にいる。伝統としてたくわえられたインドの仏教、盛唐の文物の「写し」は別としても、ヨーロッパ「近代」の写しが済むや済まずに、ヨーロッパ近代の延長であり発展でありながら、それとは異質の何かを恐怖と共に予感させる新文明（それは大衆文化とも呼ばれ、管理社会とも呼ばれる）の波濤をもろにかぶっている。

しかし、だからこそ、より大きな「写し」の能力が、私たちに求められているとも言えるのだ。現代日本文化の位置を定義して、それは世界文化における連絡将校《リエゾンオフィサー》であるといった人がいる。将校という名はいささか耳ざわりだが、たしかに各国文化を写し、移すことに私たちが一見謙虚な使命感をもったとしても、少しもおかしくはないのである。

*

模倣ということばの意味の枠をひろげるならば、芸術の領域では、当然今いった「写し」ということがふくまれる。写しとは、文化とは転移であることを痛く知った人びとの美学である。写しを支えるのは、転移としての文化一般である。しかしその文化の、さらに深い基盤には、人びとの生活態度、価値観としての模倣がある。これの形成にはさまざまの条件が働いているが、社会の領域においては「社会的同調」と呼ばれる現象がその一つに数えられる。俗に付和雷同性といわれる性格ないし現象だ。

隣りの人がカラーテレビを買った。だからわが家も……。あの人が家族づれでどこそこへ遊びに行った。だからわが家も……。

他人と同調しなければ不安におちいるこうした性格を私たちは多分に持っている。だから、一人が「ブームだ」と言うとたちまちそれが本物のブームになってしまうということもしばしばおこる。「一犬虚に吠ゆれば万犬実を伝う」ということわざがあるが、こうした雷同性は、大衆の猪突猛進としてふかく恐れられ、きびしく批判され、しかし同時に、私たちはこれにとらえられたままである……。

これはいったいどういうことなのか。

「隣り百姓」ということばがある。隣りが田植えをすればわが家も田植えし、隣りがとりいれをはじめればわが家も急いでとりいれする。要するに「自主性」がないのである。独立の計画というものがない、といわれる。

しかし、日本系ユダヤ人と称するイザヤ・ベンダサン氏によると、これは「キャンペーン型稲作」の特徴であって、それなりの合理性をもった行動様式であるという（『日本人とユダヤ人』）。たとえば刈り入れの日時はきまっていてこれを動かすことはできない。「一日をおこたるときは一月の凶」であるから、隣りの百姓がとりいれしているときにわが家だけ「自主性」を発揮して一日おくらせれば大変なことになってしまう。台風をひかえての一日のおくれが、隣家には一〇〇パーセントの収穫、わが家にはゼロパーセントの収穫をもたらすことになりかねない。

「怠け者の節句ばたらき」ということわざがある。当今ではこのことわざのもつきびしい意味はうすれてしまった。あたふたと残業をやり、日曜出勤などして「怠け者の節句ばたらきさ」などと言っている。自他ともに笑いのうちにそうした表現を何気なく使っている。しかしもともとは、休みの日にはぜったい働いてはいけない、という意味だったのだ。休みの日というのは、これは東西共通のことがらであるが、身体を休める日ということだけではなくて、神に祈る日という意味だったのだ（ホリデイというのは聖なる日ということだ）。

この日ばかりは仕事を休み、神に祈る。あるいは神を迎える。たとえば田の神を迎えるというのが「休み」ということなので、これを怠ることは、その年のとりいれに大きくひびく罪悪なのである。怠け者はふだん怠けているのが悪いばかりでなく、休むべき日に休んでいないのがそもそも悪なのである。

節句に働いている奴にロクな奴はいない……。

こうした集団的スケジュールのきびしさは、四季の循環の正確で、しかもそれにのつとらねば豊作を期待できないわが国では当然の「合理性」をもっていた。ベンダサン氏はこれも一つの「自主性」ではないかと次のように言う。「自ら隣り（模範）を選び、その通りにやるのは立派な一つの自主性であり、しかも的確にまねができるということは、等しい技量をもたねば不可能であるから、その技量に到達するよう自らを訓練することも自主性である――、少なくとも、キャンペーン型稲作においては。欧米は百年にわたって、日本人に、隣りの百姓にされていたわけであろう」

「付和雷同」が「自主性」であるとは、私たちにとって都合のいい逆説である。だが、ちょっとここで判断を留保しよう。付和雷同から生ずる画一性が、一文明を安定させる枠組となりうることをみとめつつも、「ものまね」と「創造」とのあいだで、しばらく思索の足ぶみをしてみようではないか。

頑張る

現代日本の社会、そこに生きる人びとの姿勢を考えるとき、私の気になる一つのことば、一つの問題がある。あるいは、一つのことばに集約されている一つの問題がある。それは「頑張る」ということばだ。

＊

「頑張る」ということばを『広辞苑』でひいてみると次のように見られる。「(「頑張る」は当て字。「我に張る」の転) ①我意を張り通す。②どこまでも忍耐してつとめる」

私たちは今日、だいたい②の意味でこのことばを多用している。多用――いやむしろ乱用といってもよい。とりわけ若い人たちの手紙や会話には、一つや二つ、このことばが肝心のところで使われていないことはないといってよい。女の子は「頑張ってね」と言い、男の子は「おたがいに……を目ざして頑張ろう」などという。

ある時、私は組合の全国的文化組織の或る事務所を訪れ、そこの壁におびただしく張られてあるビラをみておどろいた。全国から寄せられた激励、共感、支持のことばが並べられているのだが、ざっと見渡したところ、六、七割までが「頑張ろう」「頑張れ」ということばなのである。そのとき、私に一つの小さな疑問がわいた。いったい何を、どうして「頑張る」のか。私はいささか皮肉になっていたのだろうか。

頑張る、とはもともと、我意を固執してゆずらないことである。私たちの記憶では、むかしはこのことば、それほど使われることはなく、使われるとすれば、いささか「悪い意味」においてであった。頑張るというのは、共同体の成員の中で、風変わりな自己を主張することであり、共同体のまとまりのため、具合のわるいことなのであった。

(余談になるが、わが国にはフランスの大ロベール字典に当るものがなく、したがって語義の厳密な変遷をたどることがむつかしい。これは一国の文化を考察するにあたって大変不都合なことである。したがって――と言いわけになるが、私の「頑張る」論もしろうとの見当であり、このことについてもその道の人の教示を仰ぎたく、あわせて語義史の集成という国語学者の将来の事業に期待しておきたい)

エゴを主張し、それに執するという「不都合」なことが、何となく好感をもって迎えられ、しだいに日常語のなかで勢威をふるうようになったのは、私の見当では昭和になってから、それもおもにスポーツの世界であった。NHKアナウンサーがオリンピックで「前畑ガンバレ」と思わず絶叫し、その素朴な流露が国民の胸を打って、「頑張る」は市民権を得たのであった。

したがって『広辞苑』に言うような「どこまでも忍耐して」という含意はむしろ乏しく、持てるかぎりのエネルギーを出しつくすという意味で、このことばは、戦中戦後使われてきた。とりわけ戦後、個人主義がほぼ公認のイデオロギーとなると、それとバイタリズムがむすびついて、頑張るということばの隆盛を見るにいたった。

*

頑張るとは「自分」が頑張るのである。あえて共同の常識を破ってまでおのれを主張することである。しかし、戦後の慣用語である「おたがいに頑張ろう」とは、みんなが、たがいにはげましあって我をつらぬくということだ。いわば、同調的個人主義とでもいったものだ。

「おれも行くから君も行け」という一節が大正の流行歌にあったが、この同伴的、同調的意識が、それとはうらはらであるはずの個人主義の社会的ささえとなっている。西洋の人びとが見れば、あるいは集団的個人主義という妙な用語を思いつくかもしれない。

しかし私たちは、日常このように意識化して「頑張れ」「頑張ろう」といっているわけではない。ただ何となくそのような気分になっている。そのような——というのは、くどく繰り返せば社会集団の雰囲気に同調しておのれのエネルギーを出しきろうという気分である。そしてそのことを良しとする無意識の良心の激励である。したがって、新婚のカップルを駅頭におくる若人たちが、つい無意識に「頑張ってきてね」などという。結婚という事業も頑張らなければできないという、これは集団的無意識の表現なのであろうか。

この現象にも、個人と集団という、ふつうは相いれないと考えられているものの、奇妙な結びつきがみられる。模倣と創意との関係もまた、これに近い、おもしろいむすびつきかたをしているのではなかろうか。

＊

集団的無意識の領域、これの目立った表現はもろもろの慣習である。たとえば日常の挨拶といった慣習である。

どうして私たちは、人と出会ったときなど、まず挨拶するのだろうか。挨拶の内容など、ほとんど無意味に近い。「こんにちは」というのは、何が「こんにち」であろうか。今日がこんにちであるのは当り前ではないか。「お晩です」といった挨拶を受けることもある。夜になれば晩だということは、犬が東を向けば尾は西に、という以上に確実な、言うもばかばかしいことなのである。そのばかばかしいことを、人はしごくまじめな顔で、ほとんど毎日くりかえして言っている。これはどういうことであろうか。

挨拶についてもっとも深い考察を下したのは、スペインの思想家オルテガである。彼は挨拶の起源を次のように説明している。「人間は——忘れないようにしよう——かつては野獣であり、その可能性において多かれ少なかれその状態はいまも続いている……。それゆえ人間が人間に近づくことはつねに悲劇の可能性を帯びている。今日われわれにとってかくまで簡単至極に思われること——人間が人間に近づくということ——は、つい最近までは危険で困難な行動であったのである。それゆえ近づく際のテクニックを案出することが必要だったのであり、そしてそれは人間の歴史全体を通じて発展するのである。そしてそうした技術、その接近のからくりこそ挨拶である」(『《人と人びと》について』佐々木・マタイス共訳)

人と人とが出あう、そのさい、まず共通の場を設定——というより確認しあうのである。それぞれの背後に、共通の慣習というものがあり、たがいがその慣習の体系にしたがって行動するであろうということを確認しあうのである。一見ばかばかしく見える挨拶の、けっしてばかばかしくはない意味がここにある。

挨拶の源にはおそらく呪術がみられる。グッド・モーニングというのは、この朝を良かれと願う共通の意志表現としての呪術の名残りだ。こうした共通の祈りが、人を相互にむすびつけ、複雑な習慣の体系をつくりだしてゆく。フランス人は食事に行く人に「良き食欲を」と挨拶する。食欲にまで呪術的祈りをささげるところ、私たちには奇異としか思えないが、しかし逆に、フランス人からすれば、私たちの挨拶の中にも負けず劣らず奇異に映るものがあろう。

話がいきなり日本、しかも都市間の慣習のちがいということに飛ぶが、ある東京人は京都の旅館で、ちょっと外出するさい「お早ようおかえりやす」と言われ、面喰らい、次いで腹をたてたそうである。「早く帰ろうが遅く帰ろうがおれの勝手じゃないか」と彼は思ったわけである。しかしこれはその人の勘違いである。「お早ようおかえり」というのは、旅立ちの祈りの挨拶に似たもので、実質的な内容はないのである。つまりは、東京では京都よりも、挨拶の体系がかんたんになってきており、したがって、挨拶を挨拶とうけとれない人びとがふえてきているということだ。

これと逆になるようだが、ブルターニュの寒村では一老人が「近ごろの若いもんはボン・ジュール（こんにちは）も言わない」と歎いていた。私は「ここでもまた」という微笑を禁じえなかった。

老人が「ボン・ジュール」に与えている意味を、若者はもはやこれにみとめていないのである。ということは、慣習の体系をみとめないということでは必ずしもなくて、現代社会では、慣習の体系を極小化してもやってゆけるほど法体系がきびしく人びとを規制する――そして規制することで人を保護するようになって来たということなのである。

法は明文化されない慣習に対し一種の敵意をもつようだ。もし慣習のなかで意味のあるものがあれば、ことごとく明文化して法のなかにとりいれようとする傾きがある。結果はどういう社会、どういう人びとができあがるかというと、たとえば挨拶といった慣習を守らなくても、もしそんなことで相手がおそいかかってくれば「ポリース」と叫べばよいのである（パリの街頭で婦人が青年にひょいとイタズラされ、とたんにその女性が「ポリース」と叫んだのを思い出す）。まあ、これはいささか極端な話だが、しかし、若者たちが行きずりの人たちに、あるいはちょっとした知りあいには冷淡、無関心と思える「不作法」をおかすのは、このような法依存の傾向に支えられているからである。昔は逆に、法が守ってくれないから、みなにこやかに挨拶したのである。挨拶の中身は何でもいいのである。京都では「どちらまでお行きやす？」「へえ、ちょっとそこまで」といったふしぎな挨拶が今だに通用している。「ちょっとそこまで」では何のことやら問答のていをなさないけれど、相手はけっこう満足して「そうどすか」とあいづちを打つのである（なだいなだ氏の小説「こんにちわおじさん」は、団地の若い女性がいっこう「こんにちわ」と言わず、逆に、誰にでも「こんにちわ」と挨拶する老人を気味わるがるという現代の一挿話であった）。

法依存がつよまるにつれ、慣習の体系はかなりのていど縮小化され、あるいは変質してゆく。たとえば「お早ようおかえり」を奇異に思う人びとが、「頑張ってきて」といった挨拶は奇異には思わない。それは、今日の集団的無意識が「頑張る」、つまりはエネルギーを出しきることに盲目的価値をおいているからなのである。「ガンバレ」ではじまったこの慣習が「お互いにガンバロウ」に変り、ちかごろでは「ガンバラなくっちゃ」という孤独の呟きに変ってきているのは、それ自体、「無意識」の短期歴史的変貌として興味あることであるが、このような無意識の構造を、長短を問わず歴史的、空間的に探ってゆくことが、このあっちへ飛びこっちへ飛びのランダム・エッセイ集の目的――といえば、まあ目的みたいなものである。

あいづち

英語ではボデー・エクスプレッションということばがある。またそれを研究する学問分野もひらけつつあるようだ。しかしまだまだ幼稚なもので、たとえばしょっちゅう腕組みしている人物は攻撃的性格だといったあんばいだ。

どういう身振り、しぐさをするか、この「無言の言語」は学問的に未開拓の分野である。しかし、これはことばよりもはるかに深く人間の身体にしみついたなにものかであり、「心」と社会とをつなぐ確実な兆候である。

個人の心理の内奥を、おそらくしぐさはのぞかせるものである。無意識であればあるだけ、それはゆるがせにできないしるしなのである。同時に、しぐさは一つの文化である。社会のさまざまの集団につたわる伝承の文化である。個人は、個人としてのしぐさをもち、さらにその底に集団に共通の、また社会に共通のしぐさをもつ。人間はことばを交換することでコミュニケイションを成立させ、文化をもつように、無意識のうちに他人の身振り、しぐさをまねることで社会人となり、一文化の構成員となる。

——と、このように考えてくると、私たち日本の文化は、私たち日本人のどのようなしぐさによって表現されているのか。もっと正確にいうと、たがいにしぐさをまねあうことで、私たちはどのような文化をつくってきているのか。そういう疑問がわく。

＊

とりあえず私は、思いつくままにしぐさの幾つかをとりあげ、その意味をさぐってみたい。ただし、はじめから一つの体系、つまり意味づけの体系はもちたくないし、また、話題のおもしろさのままに、飛躍した結論を早急にひきだすこともひかえたい。「およそ日本人は……」といった大上段の命題のつくりかたは私の性にあわないし、今後の研究の足しにもなるまいと思う。こういう身振りはなんだろう、ああいうしぐさはどういう意味なのか、といったぐあいに、いくつかの身振り、しぐさについて問題を出してゆくほうがよかろう。

学問知識にはおそらく「真の」解答はない。あるのはただ、問題を問うその問いかけだけである。

日本人のしぐさということで私がまず思いつくのは「あいづち」である。このことばのおもしろさにまずひかれる。『広辞苑』には「(相槌・相鎚) 鍛冶で、互いに打ち合わす鎚」とある。鎚をトンカントンカンと打ち合わす快は、もはや私たちの日常生活からは遠く、正月のもちつきの臼《うすど》取りの愉快さえ、光景としても日々に遠ざかってしまった。

しかし、あいづちということばは、二人の共同作業の快味をよく伝えているようである。きねをつく人よりもむしろ、拍子おもしろく臼取りする人のほうが、仕事としてむつかしくおもしろいのではなかろうか。受け身の、従の立場のほうが、共同の仕事のなかで、より困難でより愉快味のある役割であるようだ。

スイス人のガスカール女史は、その「日本観察ノート」の中で日本人の返事のアイマイさを批判している。「日本人から、確かな『イエス』か『ノー』の答えを得ることは、全く不可能なことに属します。(中略)『ソー、ネー……』といい、頭をかくのです。とにかくこっちはそれでちっとも利口になるわけのものでもなく、依然として、なにがなにやらわからないままです。日本人とは、なんとややっこしい人でしょう!」

この指摘は別に独創的なものでも特異なものでもない。しかしそれだけに、私たち日本人の身振りの、したがって文化の、他国の人によっては理解されえない特異性を浮かび上がらせている。ふだん、私たちは気づかないが、人の話を聞くとき、たえずあいづちを打っている。心の中であいづちを打っている人もいるし、大げさな身振りであいづちを打っている人もいる。無意識であるだけになかなか本人は気づかない。

ラジオ、テレビのプロデューサーがしろうとの出演者に対して「教育」することの一つはこのあいづちを減らすことである。画面や声でのあいづちの身振りや「そう」「はい」という表現は目ざわり耳ざわりである。客観的に観察すると、あいづちというのはなにかしら異様に同調的な態度をきわだたせてしまうのだ。客観的と言ったが、それはひょっとするとヨーロッパ人の目を私たちの客観の目の中に組み入れてしまったということかも知れない。

外国のビジネスマンが商取り引きにやって来る。何か懸命にまくし立てている。私たちのビジネスマンは相手の熱意に打たれ、思わずあいづちを打ってしまう。それは外国人には確実な「イエス」のしぐさとして理解される。そして同意のサインをということになって、書類を取り出す。日本人はそれを見て、とても同意出来ないと首を横に振る。外国人は驚いて、なんと日本人には誠意がないのだろう、平気でウソをつくというふうに評価する。

この誤解はかなり困ったものだ。私たちは論理と感情の世界を区別している。契約について「イエス」か「ノー」と言うのは論理の世界である。会話においてあいづちを打つのは感情に基づく社会的表現である。この両者を巧みに組み合わせることで、むき出しの真実だけではない人間的世界に私たちは生きているのだ。

*

ヨーロッパでは相手の感情をくんで、いい振舞いをすることを「タクト」と言う。一口にヨーロッパと言ってもいろいろある。アメリカやスイスでは「タクト」は少ない。しかしウィーンやパリでは、日本の繊細に負けぬほどのタクトがある。これはどういうことなのか。アメリカやスイスは、異人種異言語が日常的に接触する国である。ウィーンやパリでは、共同の前提となる統一された文化がある。つまり暗黙の了解があるので、その暗黙の了解のうちに相手の感情をいたわることが可能なのだ。アメリカでは、まず論理を通さなければ異人種の間の意見の一致を見ることはできない。複雑多様な諸国民が激しく交錯しあう現代世界では、ヨーロッパ型——というよりアメリカ型の「イエス・オア・ノー」が前提となることはやむを得ない事情もある。

しかし、共通の前提をつくる作業が今後数十年、数百年たって地球上にあらわれたとき、微妙な「タクト」が価値を持たないわけではないし、まして日本の「あいづち」が愉快な共同作業の一つの原型として見直されぬとは限らない。

へだたり

へだたりを感じる、といえば対人心理をあらわすことばだ。わけへだてをする、といえば対人の社会心理をあらわすことばだ。いずれにせよ「へだたり」とはおもしろいことばである。単純な距離ではない。距離による人間関係、およびそれにまつわる心理がこの一語にこめられている。

＊

学校の教師をしていていつもおもしろくもふしぎにも思うのは、教室で学生たちが教師といつも一定の距離をおきたがることだ。百人ほどはいる教室で二、三十人しか学生のいないばあい、その学生たちは、なるべく教師から遠いところへ、壁にそうて「散開」している。彼らは教師とある「へだたり」を感じており、それを物理的間隔によって表現しているのである。

もっとも、大講堂かなにかで壁ぎわまで教師の声のとどかないような時には、事態はもう少しこみいってくる。声のとどく範囲に、しかし、教師とのへだたりは計って、学生たちは慎重に場所えらびをやっている。

教師はなるべく学生たちに身近に来てほしい。そのとき教師は、学生をさしまねくのである。「まねく」とはへだたりをとろうという意思表現である。ひとを自宅に招待するのを「まねく」というのは、対人距離をちぢめたいということである。また「お近づきのしるしに」などといって物をさしだすのは、その物を相手にさしだすことで、相手との距離感をちぢめることである。文字どおり「近づく」ことで、お近づきになるのである。

時代映画などで、ふすまの向こうで平伏している家来に対し「苦しゅうない近う寄れ」だの「もそっと近う」だのと殿様が言う光景をよく見るが、あれが近づきの原型であろう。日本では、人はおそるおそる近づくのである。その恐れは、地位差をちぢめることの恐れである。対人距離はふつう地位差の表現と考えられているのだ。そこで上位者が「もそっと近う」とさしまねくと、下位者はその許しの真意をおそるおそる計りつつ上位者に近づく。

もっともそれははじめだけのことで、なれ親しむとそれこそ「ふところにはいって」しまう。下位者は上位者の「懐刀」となったり、「側近」となったりする。懐刀とか側近とかは、物理的距離でいえば上位者の耳もとでささやくことのできる人ということである。

＊

西洋人の握手や抱擁を私たちがいやらしく感じることのあるのは、肉体の接触を不潔と思うためばかりではない。いきなり手を握ったりすることの「なれなれしさ」に私たちは文化としてなじめないのである。

西洋人は、親愛の表現としていきなり握手し、つまり、物理的にへだたりをとり、さてそのうち、おもむろに相手との距離をとるのである。私たちははじめに距離をとり、しだいに、「なれなれしく」なる。なれなれしさと距離との順番が逆になっているわけだ。西洋では親愛、友愛が社会的タテマエとなっており、日本では、むしろ遠慮が社会的タテマエになっているのである。

もっとも西洋人も、タテマエをはずれたホンネとしては、人とある距離をおく。おかなければ不安になる。だから、握手したあとはさっと身をひくわけだが、ホールという学者の説によると、相手との適当距離は文化によって異なるという。たとえば、ラテン・アメリカの人は、相手に顔をくっつけるようにしてしゃべる。北アメリカ人にはそれがかなわない。「くびに息を吹きかける」とか「ぎゅうぎゅう押してくる」とか「顔にツバを吐きかける」とかいって、ラテン・アメリカ人をたえず非難する。逆にラテン・アメリカ人は北アメリカ人の態度を「よそよそしい、冷たい、引っ込み思案だ、不親切だ」というふうに攻撃する（エドワード・T・ホール『沈黙のことば』）。

日本人はどうか。適切な調査研究がないので厳密なことはいえないが、ラテン型ではないようだ。私たちも北アメリカ人と同じく、「ツバがかかる」距離をいやがる。しかし、北アメリカ人とちがう点は、親疎高下の瞬間ごとの判断で「へだたり」が大きくなったりちぢまったりする、その変化のはげしさであろう。私たちには普遍妥当の適当距離は社会的に与えられず、それは主観と状況とにゆだねられているようである。昔は身分できまっていたものが、今はもっと複雑な条件を睨んでいなければならない。それだけに、私たちの「へだたり」のとりかたは、微妙で複雑だ。

国や地域の文化による「へだたり」の相違と同時に、たとえば性の文化による「へだたり」の相違がある。わが国ではとりわけこれがいちじるしい。「へだたり」のとれた仲間でも、若い男どうしのばあいは、身体をぶっつけあい、そうして遠ざかったかなりの距離からかなりの大声でからかいあったりする。それが親愛の表現だ。

若い女の行動はこれとは対照的である。「へだたり」の完全な除去、相手の肩や腕への無邪気な接触、手をとりあっての町の散歩、服や小物を交換して身につける、あけひろげな表情でのおしゃべり——これらはすべて親愛の表現である。

テレビ・ドラマを見ていると、若い女が不意に相手に身を投げかけ、泣き伏すという光景によく出あう。相手は異性のこともあり同性のこともある。これは決定的なへだたりのなさを相手に強要し、融合による慰撫を期待する行動であって、女性に特有のものである。

「懐刀」とか「側近」とかは男の文化であって、このばあいの「へだたり」あるいは「へだたりのなさ」は、社会関係の表現である。女が相手のひざに泣き伏すばあい、この一種強要されたへだたりのなさは、人間関係の表現である。しかも、女に特有の人間関係である。

一方は社会的操作のための距離感覚であり、他方は人間的融合のための距離感覚、あるいは距離感覚の否定である。そして距離感覚とは、一種の空間処理である。

空間はただの空間としてそこにあるのではない。一定の文化が空間をきめているという面もあるし、また、人間が刻々、空間を作りだし、作りだされた空間によって人間関係をきめていっているという面もあるのだ。

低姿勢

池田内閣の経済的高度成長政策が政治的低姿勢でささえられていたことは興味ぶかい。もっとも故池田氏自身は「低姿勢」とはいわず、正姿勢といっていたようだが。襟を正すとか居ずまいを正すということばがある。これは昔からの用語法だ。権威に対するとき、まじめな状況に対するとき、人は「襟を正し」たり「居ずまいを正し」たりする。正姿勢などということばはなかった。低姿勢という新語に対抗するこれもまた新語である。

私たちは子供のときから「背筋をしゃんと伸ばせ」と何度言われてきたことだろう。思えばこれは正姿勢の教育だった。伸びゆく日本の国威にふさわしい姿勢は、背筋を伸ばした正姿勢でなければならぬ。これは、いわば姿勢のイデオロギーだった。

しかし現実の日本人は、横光利一が『旅愁』で書いていたように、前かがみにちぢこまっている。ヨーロッパ人とまじると、その特徴はいっそうきわ立つ。ヨーロッパ人はアゴを前につきだし、攻撃的姿勢を無意識にとる。そうでないと世知辛い世の中を生きてゆけないのだ。日本人はアゴをひく。あるいは姿勢を低くする。どうして日本人はアゴをひいているのか、とおもしろい観察を下した在日フランス人がいたが、そうでないと世の中をうまく生きてゆけないという、これも人生論的姿勢なのである。また、言ってみれば、ヨーロッパと日本とでは世知辛さの社会的型がちがうのだ。ヨーロッパ人も日本人も、それぞれの社会的型に順応した姿勢をとっているだけのことである。

*

デズモンド・モリスの『裸のサル』によれば、低姿勢はなだめの姿勢なのである。敵の威嚇にたいする「なだめの信号」の一つが低姿勢である。そのことを彼は次のように説明している。

「われわれは、他の霊長類と共通して、うずくまったり、悲鳴をあげたりする基本的な服従の反応をもっている。これに加えてわれわれは、さまざまな服従の誇示を様式化してきた。うずくまる行動自体さえ、ひれ伏したり、平伏したりするものとなっている。その弱い形は、ひざまずくこと、腰を曲げるおじぎ、ひざを曲げ上体を傾けるおじぎなどに現われている。この行動のかぎとなる信号は、優位の個体に対して体をより低くすることである。威嚇するときには、われわれは体をせいいっぱいのばし、できるだけ体を高く、大きくする。したがって服従の行動では、これとは逆に、体をできるだけ低くすることが必要なのである」（日高敏隆氏訳）

原始人は敵を容赦しなかった。敵に勝つというのは敵を殺すということである。だが、少し文化が洗練されてくると、敵を殺しはしないでドレイとして使う。そのさい、ドレイは、かつて自分らの「先輩」が殺された、その「まね」をして死者のふりをするのである。すなわち、勝利者の前に平伏する。これがあらゆる「挨拶」の起源だ――といったのはもう一人の生物学者スペンサーだった。挨拶の底には、自分を無力な死者として演技してみせるという、太古の伝統が今なお名残りとして透けて見える。

原始人にとっては大きいということと偉いということは同じことを意味していた。たとえばAとBの二人の男がいて、Aの方は背は低いが社会的地位が高い。Bの方は背は高いが社会的地位が低い、とする。未開の人にどちらが大きいか（背が高いか）と聞くと、Aの方が大きいと答える。じっさい背が高く堂々として、つまり「大きく」見えてしまうのだ。もっとも、現代フランスでも、背が高い（グラン）と偉大（グラン）とは同じことばで表わされているのだから、こうした偏見あるいは習性はよほど根深いにちがいない。

高姿勢はつねに「威嚇」なのである。低姿勢はそれに対する「なだめ」あるいは「服従」である。そこから逆に、威嚇的な人は高く見え、服従的な人は低く見える。

かつて伊藤整は島崎藤村の文体を評して藤村の文体はお辞儀の文体であると言った。「私のようなものでも生かしておいてほしい」という藤村の姿勢が文体となってあらわれているというのだ。藤村は私たち日本人の中でもよほど低姿勢の人であったのだろうか。低姿勢は、卑屈という面をもちながらも、ふしぎなことに一つの価値として私たちの文化の中に生きのびているのである。

長い封建制のゆえであろうか。それとも高密度社会という特徴のゆえであろうか（高密度社会では人は角つきあわせて生きるわけにはいかない）。しかし、それに似た条件はヨーロッパにだってある。ヨーロッパで低姿勢がほろび、あるいは抑圧され、日本でこれが社会的、文化的価値になっているのは、ふしぎなことである。

＊

私たちがまねにくいヨーロッパのマナーの一つは、他人が部屋にはいってきたとき、さっと椅子から立ち上がる作法である。私たちの感覚からすると、こちらは椅子に坐っている。つまりすでに「低姿勢」なのである。だからそのままでよいということとになるのだが、ヨーロッパ人には、坐るとは安楽のことなのである。他人、つまりうやまうべき人が立っている、つらい姿勢をとっているのに、こちらがのうのうと坐っているのはいけない、というわけで、立ち上がって姿勢を正す。これが当然の作法である。

しょせん「坐の文化」と「立の文化」のちがいであろうか。私たちにとっては「坐」はふつうの姿勢であって、とくべつ安楽な姿勢ではない。だからうやまうべき他人が来れば、身をかがめ、お辞儀をくりかえす。それが相手にたいする「なだめ」であり「服従」の儀礼的表現なのである。椅子に坐っているばあいでも、同じ坐なのだ。だから、他人が部屋に入ってきても立ち上がらない。敬意をこめて、じっと坐っているわけなのである。これはヨーロッパ人には理解されにくい私たちの態度である。

もう一つ「腰が低い」というおもしろい表現がある。低姿勢をとりつづける謙虚な人物のことを私たちは「あの人は腰が低い」と評価する。「腰」というのは含蓄のあることばだ。低姿勢といったような全体の姿勢を「腰」という一語で表わす。同時に、その人物の力学的中心のありかを示す。したがって、「腰の低い」人はかならずしも卑屈一点ばりの人という意味ではない。機至れば、あるいは万やむをえぬときには、十分反撃しうる人、反撃態勢のとれる人という含みもある。逆にいえば、高姿勢の人は腰の伸びきった人なのである。たえず威嚇的であるために力を一点に集中することができない。高姿勢とはわが国の文化ではカラ威張りに通ずることが多い。

というふうに考えてくれば、今や欧米諸国にまで名を売ったわが国の「低姿勢」はなかなか油断ならぬ姿勢だということになる。のみならず、政治的には低姿勢で経済的には高姿勢だという、低高の複雑な組合せが現代日本の姿勢だとすれば、諸外国が「なだめ」「服従」「謙遜」といった意味を日本政府の風貌、姿勢に読みとってくれないのは、当然であろう。

＊

油断のならぬ低姿勢というのは、日本にかぎらぬ、ひょっとすると「東方」の文化的慣習かもしれない。ドストエフスキーの『白痴』にはレーベジェフという人物がおり、彼はむやみに低姿勢なのであるが、同時に、面と向って相手に「故……先生におかれては」を連発し、まだ生きている……先生の気を悪くさせる、まあ、そういった人物であったが、私たちはヨーロッパにはない——ということはおそらく「アジア的」な性格をここにも見るのである。

寝ころぶ

なにが不作法といって、寝ころぶ姿勢ほど不作法なものはない。みっともない姿勢である。――と私たちは思っている。しかし、どうしてみっともないのか、不作法なのか。そもそもこれを不作法と思いだしたいわれはどこにあるのか。などと考えだすと、はっきりした答えは得られない。

隠遁的なある作家の話である。名をあげないのは、いわば伝聞であって、確かな話でないからだ。が、私にはみょうにこの話が印象的であった。この作家は、座ぶとん二枚ぶんぐらいをつないだ長座ぶとんを用意しており、来客があると、それを人にすすめ、自分もその場に寝そべるのだという。安楽、といってこれほど安楽な姿勢はない。そして、「安楽」というのが、客人にたいする最高のもてなしだとこの人は考えている。

たしかに四角四面の応接セットに「さあ、どうぞ」などとすすめられても、たいして「安楽」をごちそうになったことにはならない。白いカバーなどが大事そうにかかっていたりすると、妙に気づまりになることもある。なるほど長座ぶとんが最高のちそうか、と私は妙なことに感心してしまった。もっともこれは座ぶとんでなく「ころびぶとん」と呼ぶべきかもしれないが。

＊

ところで近ごろ、司馬遼太郎氏の『歳月』という小説をよんでいて、次の個所に目がとまった。

「西郷はだまって板垣を奥の座敷に招じ入れた。『そこへ寝ころびなされ。――私も』と、西郷は体をねじらせて両手をつき、長くのびようとした。薩摩では親密な客に対する待遇として、枕をあたえたがいに寝ころびながら話す風習があった」

西郷とはもちろん西郷隆盛のことである。この場はけっきょく、板垣退助が「いや、そういう気にはなれない」ということで、寝ころび対談は成立しなかったことになっている。私は無知にして薩摩にこういう風習のあるのを知らなかった。もしこの通りだとすれば、さきの作家は、薩摩の伝統を今日に継いでいることになる。

もしかりに、これが小説らしい作りごとだとしても、日本人の心情的英雄である西郷が不作法の極である寝ころびを客人にすすめたという構想そのものがおもしろい

(司馬氏に聞いたところでは、氏の母方の故郷、大和郡山にもこういう風習があったそうだ)。

私の好きな架空人物の一人に「物ぐさ太郎」がいる。腹がへっても目の前のモチを拾うのも面倒がったという人物だが、あの人物は、他人とものをいうとき、どういう姿勢をとっていたのであろうか。そんなことが気になる。仰向いていたのか、それとも片ひじついていたのか。

＊

ゴロ寝ということばがある。そこから来たテレ寝という新語もある。要するに、サラリーマンが日曜日に、畳の上にごろりと寝そべり、片ひじついてテレビなど見ている図である。金のない日本人の平均的安楽の図、といえよう。この場合も、仰向いていては天井が見えるだけで、やはりテレ寝にはなるまい。テレビ視聴という最低限の対社会的姿勢のためには、せめて片ひじつくくらいの努力は要るのである。

とはいうものの、そういう努力が要るのはこれはテレビの方が悪いのではないか。正面から相手を見すえるという間違った文化の延長線上にテレビがいるからではないのか。つまり、人間を正面から見すえるように、テレビを正面から見すえることが当り前と考えている習慣文化の方に問題がある。ここはテレビの方がゆずるべきである。もし人間の「ほんとうの」姿勢が寝ころぶ姿勢にありとすれば、テレビの方が、寝ころんで見られる形になったほうがいい。だのに、どうも話が逆になっているような気がする。人間は機械に使われるのではなく、機械を使うべきである――といったことは抽象論としてはよく言うけれど、しかし実際の話になると、テレビとはああいうもので、したがって人間はテレビの「姿勢」に順応するのが当然、といったことになってしまう。

そういえば、昔の人は絵巻物や冊子《そうし》をどういう姿勢で見たり読んだりしていたのだろうか。そんなことが気になってくる。絵巻物は机の上にのせ、左手で開き右手で巻きながら見ていった――というのが定説だったようだが、最近、田村悦子氏の綿密な考証研究（「『こわたの時雨』について」『美術研究』昭和四十六年七月）が出て、これがくつがえされてしまった。氏の説をかんたんに言ってしまえば、たとえば女房たちが絵巻物を見たのは、腹ばいの姿勢だったのである。絵巻物はとうぜん畳の上にひろげられている。それをまた他の人たちが覗き見している。そういう例がいくつかの絵にあるし、『こわたの時雨』にはこの姿勢の描写文章すらある。仏書を学ぶといったばあいには、机の上にこれをひらき、うやうやしく学ぶという姿勢がとられてきたけれど、これと絵巻物や冊子のばあいには話がちがうのである。

ところが今、私たちは本を読むといえば、当然机の上におしひろげるものと観念している。錯覚である。私たちは何も二六時中、勉強にいそしんでいるわけではないのである。とくに本の物神性のうすれてしまった今日、本は机の上で、というのは笑うべき錯覚である。げんに作家の中にも、執筆ですら、寝床の中で腹ばいにならなければ書けないという人もいるではないか。

といったことを考えあわせてくると、寝ころぶことについての禁忌は、ごく新しい、それも一部のまじめな人たちの笑うべき風習がしだいに一般にひろがっていった、そのせいだと思わずにいられない。

人間はどういう姿勢のときいちばん安楽なのか。それを追究した人に設計家の佐藤明氏がいる。彼は次のように思索を進める。「何をやろうとしているのか——椅子を考えている。何のためのか——住宅の居間。居間とは何か——家族がくつろいで団欒する場所。くつろぐことと椅子との関係は——安楽であること。安楽な姿勢とは——ここまできて少しつかれを感じたので、今まであぐらをかいていたのをやめ、足を前に投げ出した。それもしばらくするとおかしくなって、今度は横ずわりをし、しまいにはタタミにねそべってしまった」（『家づくり入門』）

けっきょく佐藤氏は人間には安楽な姿勢というものはないのだと発見する。そこからどんな恰好でもできる新しい椅子の考案へと進むのだが、私にとって興味のあったのは、実験家佐藤氏が「しまいにはタタミにねそべってしまった」という事実である。

*

昔から、寝るが極楽、起きて働くばかがいるなどという。しかしまた「寝首をかかれる」という表現もある。寝ころんだ姿勢はいちばん安楽なのは事実だが、次の動作に移りにくい、いちばん無警戒の姿勢であることもたしかである。物ぐさ太郎ほどにも度胸がすわってしまえば、寝そべったまま一生くらすこともできようが、ふつうの人には、そこまでのふんぎりはつかない。寝ころぶかどうかは、実は、対社会的警戒態勢にはいるかどうかの分かれ目なのである。だからこそ、西郷隆盛は、腹をわって話すときには共に寝ころんで話したのであろう。

寝ころぶ、ということで私は三つの場合、状況を思いうかべる。

一つは、唐突なようだが、ケンカした犬の場合である。疑似ケンカをして負けた犬は仰向けにひっくりかえり、首をさしだす。降伏のしるしである。素っ首をさしだすのは武装解除のしるしである。ころびバテレンの「ころび」はあんがいこの降伏のイメージとつながっているのかもしれない。

二つ目は、絶体絶命になった三下奴が「さあ、殺せ」とわめいてひっくりかえる場合である。いがみの権太のように自暴自棄的「寝ころび」がかえって威嚇になるという文脈だ。自殺者の心理のあるものは、これに近い。

三つ目はもっとも平凡なゴロ寝、テレ寝である。現代アメリカにはスインガーという連中がいる。昼は四角四面なスクェア（まじめ人間）として働き、夜はヒップに早変わりというのをスインガーと称するらしいが、現代日本のサラリーマンは、自宅にかえると大半がゴロ寝という名のヒップに早変わりする。昼間、係長の「椅子」だの、課長の「椅子」だの、非安楽椅子に無理にしばられているあまり、夜になると、長々と寝そべるという代償作用に彼らは移るのであろうか。

この三つの姿勢とも、西郷隆盛の「寝ころび」ほどは自由でないこと、言うまでもない。ところで物ぐさ太郎と西郷隆盛という二つの「理想的」姿勢を比較すればどういうことになるか。これは実は二つではない。共に、無為と活躍という対極的形態が一つに融合した私たちの理想像なのである。西郷のふしぎな人気は、彼が寝ころぶ人間だった点にかかっていると思えるのだ。

握手

私事になるが、ロジェ・カイヨワの『遊びと人間』を翻訳することになって原著者から「日本版への序」というのをもらった。その文章中でおどろいたのは、いけばなやお茶と並んで「贈答」というのが、日本の美風としてたたえられていることだった。

現代の贈答は、さほど美風とは日本人自身、考えていないし、だいいち、異邦人の目をそれほどひくとは、意外であった。しかし、思いだすと、たとえばこんなこともあった。フランスの一女性と連れだって、私の友人宅を訪れたとき、私は、なにげなしに一升の米を携えて行ったのである。珍しくうまい江州米が手にはいったので友人に「おすそわけ」のつもりで持って行ったわけだ。ところがその帰るさ、異国の女性は、女性であるだけに実に言いにくそうなためらいと共に、次のように私に言った。「あなたの気持を傷つけてはこまるが、あなたはきょう、何のために、どういう慣習的心理によって、贈りものを持って行ったのでしょうか。あなたがた日本人のふしぎな慣習の一つは、贈りものの習慣だと私たちには思えるのです」質問されたほうがおどろいた。ほとんど無意識の行為だったからである。だいいち、「おすそわけ」という微妙な日本語がうまく異国語で言えるわけがないではないか。

＊

しかし、もちろん外国、たとえばアメリカなどはクリスマスの贈答は地上でいちばんさかんな国である。ただ彼らのばあい、クリスマスとか誕生日とか、贈答の習慣がカレンダーできまっており、「おすそわけ」的ないろあいはほとんどなくなっている。人類学者の説によると、クリスマスの贈答は「獲得」の年間的心理を放棄して、古代の「贈答」の心理に立ち戻り、年に一度の行事によって賠償しているのだそうである。つまり、西洋人は一年中、獲得ばかりしているので、罪ほろぼしに、一ぺんだけタダで物をくれてやっている、というわけだ。

今、私はなにげなく日本ふうの意味で「罪ほろぼし」といったが、じつは、ブラウンという精神分析学者などの手にかかると、贈答と罪との関係はじつに深刻である。彼は古代文化を「贈答」の文化、近代の文化を「獲得」の文化と考えるが、その間をつないでいる一線は罪の意識だというのである。つまり、古代人は罪を共有するために贈りものをした。所有を否定する自己犠牲によって超俗のよろこびを感じ、一種の力を獲得したのである。もともと、贈りものはやはり神への贈りもの、ささげものであって、神にささげ、また人にそれを分けあたえることで、罪の感覚、負債の感覚をうすめてきたといえる。近代が失ったのは、このつぐないの感覚であって、罪そのものではない。罪はむしろ純粋化し、凝縮し、結晶して富そのものとなっている。「金銭は凝縮された富であり、凝縮された富は凝縮された罪である」(N・O・ブラウン『エロスとタナトス』秋山さと子訳)

西洋人のいう(ブラウンはメキシコ生まれだそうだが)罪は、私たちにはほんとうにわかりにくい。しかし、これは西洋文化の核心である。ここを問題にしないといけないのだが、しかし、今は不問に付すということにして、罪から神へのささげものが出、そこから人びとへの贈りものが出、そこからさらに交易が、また富が、したがって近代の「獲得」が出てきたという推理はおもしろいし、妥当だと思われる。

世界中に「沈黙交易」というものがかつてはあり、交換するさいには、それをつかさどる神の存在がかならず意識されていたのである。わが国でも、峠の上に物を置き、沈黙のうちに交換されるということがあった。民俗学者の報告によると、たとえば大菩薩峠には神に見たてた、市をつかさどる自然石が立っていたそうだ。

つまり、もともと神がいたのだ。神がいなければ交易はできなかったし、交易の、そのまた向こうにある贈答という現象、習慣もありえなかったわけだ。

西洋のクリスマス・プレゼントにあたるのは、わが国ではお年玉だろうが、もともとこれも人間が神に供えたものがトシダマである。年のあらたまるごとにタマ（生命力）のこもった賜物がある。これがトシダマである。人間の作ったものにせよ、いったん神のものになると、これは神さまからいただいたということになる。そこに、ありがたみ、新鮮な感動があったわけだ。民俗学の瀬川清子氏によると、「やったりとったり」の食物の贈答について、土地の人にその「わけ」を聞いてみると、「昔からそういうもんだ」とか「かぜをひかない、歯を病まない」という答えが返ってきたという（『日本人の衣食住』）。つまり、慣習と現世利益がその「わけ」なのだ。

＊

しかしまあ、こういう慣習じたい、今の都会人には古めかしいものと思われるだろうが、「昔からそういうもんだ」と思っている人にしてからが、どこまで神信心とむすびついてこういうしきたりを守っているか、心もとない。私たち都会に住む者にも、贈りものをもらうと、オウツリとかオタメとかいって半紙などをお返しする習慣がのこっているが、これも「やったりとったり」のなごりであって、神によって結ばれていた、その「結合」の思い出であろう。

神にささげる姿勢は、やがて慣習となり、なごりとなり、現世利益となり、交易となり、そして富となる。古代において肝心なのは「ささげる姿勢」であり、この行為の表面に付随して、人間のつくった富があった。今日ではそれが逆転して、富、あるいは拡張する生産そのものが中心にあり、その表面に付随して、贈りもののなごりがある。それはもう、思い出にすぎなくなっているともいえる。「贈りもの」といわれるものがじつはリベートの変名となってしまっては、思い出でさえないのかもしれない。

大事なことは、こうして贈りもの文化が絶滅してゆけば、「ささげる姿勢」が消滅するだろうということである。そして、この姿勢がなくなったばあい、私たちは、どのような「結合」の姿勢を次に用意しているか、ということである。もちろん、沈黙交易以前の昔に歴史を逆転することが不可能であってみれば、贈答の堕落とか、虚礼廃止とかいうまえに、次の社会の「結合」の姿勢を模索しておかねばならない。

＊

贈りもののことを言ってきて、じつは私はたえず「握手」のことを頭においてきたあのだ。握手は人間のつきあい、身振りの中で大事な位置を占めているが、今まで、あまりその重大性はみとめられたことがない。ちかごろ、Ｋ・ボウルディングが「紛争処理のテクニックの重要部分」といって握手に照明を与えているが、しかし重要部分だというだけの話である。握手そのものの解明は与えられていない（『二十世紀の意味』）。オルテガも、百科事典などには握手、とくにその起源についてはいい加減なことしか書いていないと歎いている。そう歎いたうえで、彼は握手は服従、臣下の礼の発展形態であろうとしている（『《人と人びと》について』）。しかし私は、握手は「おじぎ」の系統とはちがって、通商に付随して、生まれてきた慣習ではないかと考えている。掠奪し、掠奪したものを神にささげるといった文化の形態から一歩進んで「敵」ではなく「人」と通商するという習慣がうまれたとき、人と人とが「結ばれる」儀礼がはじまったのではないか。「結び」というのは額田巌氏の指摘するとおり、火や言葉の発明とならぶ文明の起動力であった（『結び』）。物と物とを結ぶことによって、新しい力がうまれ出るのを、人は驚異の念をもって見つめたはずである。だからこそ、今日でも、水引を結ぶといった儀礼がのこっているわけだが、それが物と物とでなく、人と人とを「結ぶ」ということ――つまりは握手にまで転化転生したのは、大きな進歩であったにちがいない。

人はなぜ「無意味」な握手をするのか。それが慣習というものだとオルテガは言う。無意識に——ということは慣習にしばられて、人は握手するが、そのことで、人は相手を「敵」とは見なさない文化の中にみずからを置くことができるのである。

慣習は無意味だ、多くの若い人は、世界中のどこでもそう思い、そう感じる。たとえば若いころのフロベールは新年がなぜ特殊な慣習をもつのかと腹立たしげに書いていたはずだ。しかし、慣習に反して、新しい慣習を人為的に作ろうとするとき、人はしばしば法と暴力に依存する。私はヒットラー・ユーゲントの、あの片手を斜めに高々とかかげる「挨拶」のことを思いだしているのだ。あの挨拶は和平やなごみではなく、力の誇示であり、威嚇の表現である。

慣習から身をひきはなす、そのひきはなしかたに、次の社会の「結合」のありかたがかかっている。握手やお辞儀にかわって、また贈答をやめることによって、どのような結びつきを人は考えているのか。それとも、結びつき一般というものを、人は拒否しようとしているのか。

触れる

イギリスの街頭を歩いていておどろくのは、ほんの少しでも肩と肩をふれあうと、相手が「エクスキューズ・ミー」と言うことである。とくに礼儀正しいイギリス人に限るかというと、そうでもない。パリでもやはり、間髪をいれず「パルドン（すみません）」と言う。これはどういうことか。

アメリカではどうか。エドワード・T・ホールによると、やはり同じような文化があるらしい。「アメリカには、（深い愛情を示す場合は別であるが）できるだけ接触を差し控えさせようとするパターン（型）が存在する事実を指摘することができる。幼いころから他人とのからだの触れあいを避けるように教えこまれているので、電車や満員のエレベーターに乗ったさいに、〝体を竦《すく》める〟のだ」（『沈黙のことば』）

つまり、身体《からだ》の触れあいを避けさせる「文化」が、欧米にはかなり普遍的にあるらしい、ということだ。私たちの文化には、これはない。むしろ、私たちの間では、人と人との「触れあい」が大事なのである。これはかならずしも、ことばの綾ではなくて、実際「今晩、一杯どうだ」と同僚の肩をたたいたり、女の子が笑いころげて相手の身体に触れることは、日常よく目撃する事実である。

＊

概していえば、私たちには「触れる」ということについての禁忌がない。だから町で肩と肩が触れても（ぶつかれば別だが）、とくにどうということも感じないのだろう。日本人が「不作法」というわけではない。

私たちの目からすると、西洋人が触れるということに異常に神経質になっていることのほうがおかしい。「肩をすくめる」というしぐさがある。不快な時、困った時、疑惑を感じた時、西洋人は肩をすくめるが、あれは接触拒否の身振りが、象徴的しぐさとして定着したものと私は考えている。

ところで、そのヨーロッパ、それも紳士の本場といわれるロンドンで、昨今、ドゥ・タッチ運動というのがおこってきたと聞いている。積極的に人にさわろうという運動だ。なんでも、その人たちの調査によると、ロンドンの人たちは接触をのぞんでいるという。「接触」といっても、ただ、人とつきあうということではなく、また、愛欲の行動でもなく、ただ単に、身体が触れるという、そのことを望んでいるというのだ。幼いときから、躾けとして人との接触を避けるように教えられてきたため、なにか心のすきまみたいなものができてきているのだ。個人の孤立を好むといわれているイギリス人でさえ、そういう傾向があらわれてきたとすれば、これはよほど重大な、そしておもしろい事実である。世界の人びとは、再び、肌と肌との触れあいを求めてきているのだろうか。

人との「接触」をなるたけ避けるというのが文明の大勢である（あるいは、大勢であった）ことはまちがいないが、それでは、どうしてそういうことになったのか、という疑問が次にうかぶ。人間の感覚のなかでは、触覚は、嗅覚と並んでいちばん虐待されている感覚である。さわる、というのはなんだかエッチな、いかがわしいことのようだし、嗅ぐというのは、犬みたいな下等な行為のようでもある。人間は、とくにヨーロッパ人は、視覚と聴覚とをとくに大事にし、触覚や嗅覚をおとしめてきたのである。どうして、そういうことになったのか。

＊

人間が道具を使うことで「進歩」してきたことは周知のことだが、私たちの身のまわりを見ても、道具は人間の肉体の延長である。鋏は指の延長だし、ハンマーは腕の延長だし、自動車は足の延長である。ところで、電話やテレビは、これも言うまでもなく、聴覚や視覚の延長である。こういう「遠距離感覚器」の発明によって、文明をより複雑にし、より巨大にし、より効果的にしてきたのが、人間の「進歩」というものであった。こうした道具、機械となって「延長」できない感覚は、逆に、おとしめられ、排除されてきた。それは「進歩」のためにはいかがわしい感覚とされてきたのである。

西洋人が肩と肩と、腕と腕とを触れあうのをいやがるのは、一つには、「個」の隔離ということ、つまり自立せる個人のために十分なスペースをとるということが大事であったためだが、もう一つ、根源的には、触覚をいやしめるという態度がひそんでいたためである。

人に「触れる」という行為には、他人をインボルブする、他人と濃密な感情をもつという含みがある。だから、愛情の表現としてこれが使われるわけだが、しかし、愛情という狭い範囲ではなく、人間の心は、身体にもっともよく表われており、その身体に触れるということは、とりもなおさず心に触れるということでもあるのだ。怒ったとき顔が赤くなるのは視覚でもたしかめられるが、興奮したときおなかの皮膚の温度があがっていることまでは、視覚ではわからない。触覚こそ、もっともたしかな心の触れあいになるとは、その意味である。「心に触れる」という表現があるが、それはじつは「身体に触れる」ということに通ずる。

＊

身体に触れるということが、なにか卑猥《ひわい》な感じがするのは、心の触れあいを「愛情」に、愛情を性に局所化し、縮小化してきた文明のなせる業であって、文明の一つの罪といってよい。

性の解放といっても、その性が、たとえば「ヴァギナではなくクリトリスに」といった主張に要約されるようなものだと、これはやはり、性の局所化をさらに一歩進めたことにしかなるまい。人体のすべてに、性と愛とつながりの感覚のあることをみとめ、そういう感覚を「解放」するのでなければ、全人間的解放ということにはならないのではないか。人間の感覚を局所化し、人間の労働を企業化してゆく文明とはちがった「文明」を構想してゆく必要がある。

近現代人は意識化し、コントロールできるものだけを貴重な文化と考えてきた。視覚、聴覚がさまざまの芸術を生んできたのはそれゆえである。しかし、そこでは何が抑圧されてきたかを、もう一度考える必要がある。「触れる」ことを禁忌化してはこなかった日本文化は、この点で示唆を与える。

にらめっこ

昔の遊びでだんだんすたってゆくものが多い。「にらめっこ」もその一つだろう。

ダルマさん　ダルマさん
にらめっこしましょ
笑うたら負けよ
ウントコ　ドッコイショ

こういうかけ声でにらみあう。相手がなかなか笑ってくれないと、さまざまの珍妙な顔をしてみせる。あの遊戯は、はやしの歌こそ地方によって違うようだが、ひところ、子供のよろこぶ遊びの一つだった。今はどうだろうか。こういうはやりすたりは、いちばん調査しにくく、断言もできないが、どうも、いちじるしく下火になったようだ。

＊

にらめっことという遊びの起源を日本人の「はにかみ」から説きおこしたのは柳田国男である。人と会う緊張をほぐすための「練習」だというのである。「今まで友人ばかりの気の置けない生活をして居た者が、始めて逢った人と目を見合わすということは、実際は勇気の要ることであった。知りたいという念慮は双方に有っても、必ずどちらかの気の弱い方が伏目になって、見られる人になってしまうのである。通例群の力は一人よりも強く、仲間が多ければ平気で人を見るし、それを又じろじろと見返すことの出来るような、気の強い者も折々は居た。此《この》勇気は意思の力、又は練習を以て養うことが出来たので、古人は目勝《めかち》と称して之を競技の一つにして居た。即ち、今日の睨《にら》めっくらの起りである」(『明治大正史世相篇』)

含蓄のある見解である。まず第一に、「群」と「一人」の問題がある。「衆をたのむ」ということばがあるが、何もこれはけんかや論議にかぎったことではない。今日では、さほど気にかけなくなったが、じつは、人に会う、それも初対面の人に会うというのは恐ろしい、少なくとも気苦労のいることなのである。一部の地方では「見知りごし」ということばがあるが、これは見知らぬ人と会う緊張をとくために食事を共にするということだ。一緒に飯を食うと、それで「見知りごし」になってしまう。つまり心安くなれるというわけだ。逆に言うと、昔の人は初対面ということにどれほど神経を使っていたか、ということの証拠にもなる。飯でも食わないとやりきれない、ということではなかったのか。

今でも、とくに女性は他人と会うことに慣れていない。だから、たとえば私に面会を求めるときにも、女性の場合には、かならずといっていいほど、二人づれでやってくる。なにも異性である私を警戒しているのではないと私は考えている。つまり、私の考えでは、彼女らは「見られる負担」を二分しているのである。それだけ、気が楽になるというわけだろう。

マンガ「サザエさん」で見たと思うが、若い女性が見合いか何かでしきりに畳をむしっている。ふと気がつくと、あたり一面藁くずだらけである。これに近い光景は昔は日常の風景であった。いかにも女性らしいしぐさと思うのは、こういう対面の気づまりの時、親指と人さし指でしきりに畳のヘリを「計っている」擬態である。コンパスのように指をひろげ、またちぢめる。あれは着物の寸法をはかるという労働の癖を再現しているのである。また膝のところで両手の指を組合わせ、両親指をしきりに手《た》繰《ぐ》るという癖の女性もいる。これは糸繰り労働の再現でもあろうか。ともかく、対面というのは、大へんにシンドイことなのであり、そのシンドイ状況から逃れるためには、労働の身振りを再現してみるにかぎる。すれば労働の「気安さ」に立ち戻ることができる。これはまた、しなれた労働は、人間にとって安楽だという逆説にもなる。じっと坐っている。とくに相手に見られてじっと坐っているというのは、労働以上の大へんな気苦労なのである。だから人は労働に「逃避」しようとする。

すこし脱線するが、あるとき女子学生が「先生の出るテレビは大好き」といったのでびっくりした。聞いてみると、ふだんはじろじろ見るわけにはゆかないけれども、テレビだと存分に、しわの数まで勘定できるので愉快だ、というのだ。なにが愉快なものか。そのようにして見られている私の方こそ、いい面の皮である。――というわけで、テレビに顔をさらすということは無神経といえば無神経である。「恥知らず」なことである。テレビに出るというのは純粋に見られる存在に化するということなのだから。人から眺められ、こちらは眺めることはできない。これは羞恥を生む状況といわねばならない。

かつては、そのような役割は役者に限られていた。俳優、役者はそれなりの修業をつんだはずである。今は、ネコもシャクシも「純粋に見られる存在」になる、あるいはなりたがっている。これは一文化の恐るべき変化ではないか。

それはともかく、昔は群の中にかくれるというのが気楽な常態であった。それが大都会の成立とともに、しだいに不可能になってゆく。人間は見知らぬ人の中にひとり放りこまれ、他人とのつきあいで暮らしをたててゆかねばならない。困った新事態ができたわけだ。「目勝」という遊びはもとはおとなの酒間の座興として行なわれていたものだが、そのような遊びがでてきたということ自体、江戸という世界屈指の大都会の繁栄と無縁ではなかったのである。

「火事とけんかは江戸の花」

なるほど、火事は物材の新陳代謝であり、けんかは人の新陳代謝である。人が入れかわりたちかわり現われる。それが大江戸の繁栄だ。いちいち「見知りごし」などと悠長なことはやっていられない。手っとりばやく一発お見舞いするということになる。けんかはいわばゲームであり、「見知りごし」の代用なのだ。

＊

「子供のけんかに親が出る」というのは昔の物笑いの一つだったが、というのも、子供のけんかというのは子供の社会的成長のための訓練の一つだったたのだ。けんかしてこそ一人前というのは一昔前の常識だった。いつだったたか、子供のけんかの教育的機能ということを一席のべて、外国の学者にひどく感心されたことがあったが、欧米では、そういう機能は俊敏な学者の目からものがれるほど、目だたぬ、潜在的なものとなりおおせているのであろうか。

日本では、子供ではない、おとなの教育的機能として、昔はけんかというものがあった。けんかしてはじめて、ハラを割った同胞になれるというのは、さほど珍しいことではなかった。

私の推測では、目勝とかにらめっくらとかは、この教育的けんかの延長、ないし洗練されたものなのである。だから、柳田国男の指摘したように、練習をもって意志力を養うという機能は、たしかににらめっこにはあったといえる。

しかし、にらめっこはやはり遊びである。そのようにまじめな意図だけで、遊びが成りたつわけはない。はじめに「はにかみ」があり、それが「けんか」ないし「にらめっこ」に移り、やがて、緊張がいっぺんにとけ、笑って打ちとける。この最後の「笑って打ちとける」という過程に、にらめっこのおもしろみがあったのではないか。この「打ちとけ」は、はじめの「はにかみ」とは異質の、新しい文化の出現のしるしだったと私は考えている。

というように考えてくると、「にらめっこ」がすたってきたのは、はにかみから打ちとけにいたる初対面のつきあいの全過程が、今日ではもう意味を失ってきているからだと思えてくるのである。

はにかみ

「最近に上山草人《かみやまそうじん》が久しぶりに日本へ戻った時、何だか東京人の眼が大へんに怖くなって居ると謂《い》った。それが一部の文士などの間に問題になったそうである」（『明治大正史世相論』）柳田国男がこういったのは昭和のはじめごろの社会だから、東京人の眼のこわさも、すでに半世紀の歴史は持っていることになる。なかなかに古い話である。

眼がこわい、というのは攻撃的とか、敵意を持っているということであろうか。そういう場合もあろうが、日本人（とくに男性）がぜんたいとして眼がこわくなってきたというのは、それとは事情を異にすると思う。

はじめに私の結論をいってしまえば、眼のこわさは「はにかみ」の一種だと思うのだ。或いは、「はにかみ」の発展形態といってもよかろうか。怯《おび》えに打ち勝つための緊張した表情である。

羞《は》じらいもまた「はにかみ」の一種の発展形態であろう。いずれの場合にも、基礎には「はにかみ」がある。これが私の考え――というより推測だ。

こわい眼は、男性、とくに都会化した男性に共通の習慣文化である。羞じらいは、女性、とくに都会化した女性に共通の習慣文化である。その基礎に――というか、その前段階に、というか、もっと普遍的な習慣文化として「はにかみ」というものがある。

「はにかみ」の反対の表情は、人を見すえる表情である。これは殿様だの代官さま、庄屋さまに特有の表情だった。「きっと見すえる」というのは、支配者に特有の表情だった。大方の日本人は、ただ見られるだけの存在であり、あまりに見られる、見すえられると、眼をそらすだけが、彼らに許されたせいぜいの自由であった。

＊

面を伏せる、伏し目がち、あるいは眼をそらす。これが庶民の対面形式であった。西洋では、逆に眼をそらすのは失礼ということになっている。おどろくのは、ハナをかむときでも、正面を向いてチンとやるのが礼儀になっている。私たちは、何かというと横を向く。これはソッポを向くのではなく、眼をそらすというしぐさの一つの変形なのだ。

「はにかみ」とは、こういうしぐさにともなう自然な表情なのである。それが「女性らしい」という一つの価値を帯びてくると、羞じらいというものになる。人目から防禦する姿勢が、かえって娘らしいという価値をきわだたせる。こういう防禦の姿勢は、都会化がすすみ、人と人との交際がはげしくなるにつれ、きわだってきた。むかしの田舎の素朴な娘さんは、他郷の人を見て怯えこそすれ、羞じらいはしなかったように思う。

ところで「はにかみ」とは、べつに価値でもなんでもない。ただ、そういう状態なのだ。この感情に敏感な人は「はにかみ屋」といわれる。これは都会化の進む以前の段階で、ごく普通にみられた感情表現であり、またそういう人間タイプだった。いってしまえば怯えにかなり近い感情ではなかったのか。むかしは雑誌などに「赤面恐怖症治癒法」などという広告をよく見たが、当今はほとんど見受けなくなった。ひとは怯えから解放されてしまったのか。

＊

床の間のいけばななども、人を正面から見すえることをしない慣習から生まれた芸術だと私は思っている。「眼のやり場のない」というのは、私たちにとって、いちばん困った状況なのだ。客にそういう思いをさせるのが主人としては一ばんの失礼である。いけばなを見ることで、客は主人の顔をまじまじと見ることなく、ごく「自然」に主人なり奥さんなり、その家の人の気分を感知することができる。クッション型とでもいうべき日本的コミュニケイションの典型である。むかしは客を招じ入れるのは、奥まった座敷であり、そこには床の間の掛軸やいけばながかざってある。これが定型だった。ところが大正末年ごろから、応接間という妙なものができ、玄関のすぐ脇にしつらえられるようになった。むかし風にいえば出居《でい》形式である。どうしてこういうことになったのか。それには理由が三つある。

一つには、「奥」というのが家庭のプライバシーの場と感じられるようになったこと。二つには、西洋化への適応の場として客間が使われだしたこと。つまり、奥は純日本風でも表（つまり対社会接触面）では十分西洋的でありうるという能力を人に示す必要がでてきたこと。

三番目に、これは東京人の眼つきがこわくなってきたという観察に対応するのだが、いけばななどに眼をそらすのではなく、堂々と対面することが「近代的」と人びとに思われだしたこと。以上の三つである。この最後の理由が、もっとも重大な教育的機能だったのではあるまいか。いまだに、応接間といえば何点セットというのを置き、堂々と対面するという形式に、多くの人びとが固執しているのは、「はにかみ」から解放されることこそ「近代的」と思いつづけてきたことの現われにほかならない（今でも多くの女性は対面形式の応接間では落ち着かないし、気の弱い男はむやみとタバコをくゆらす。ついでにいえば、レストランなどで食事の間にタバコをむやみにふかすのは日本人の癖である。対人緊張をさける一種の「はにかみ」の表現であろう。——にもかかわらず、今の社会は一種の強制力でもって「対話」をすすめる。親子の対話がなくなった、などと新聞などで言う。冗談ではない。もともと親と子はテーブルをへだてて「対話」するような間柄ではなかったはずだ。母と娘とが襟を正してセックスについて「対話」している光景など、昔の人が見れば噴飯ものだったろう。しかし今では、親子の間でさえ対話が奨励されている）。

はにかまない「不届者」を「きびしく見すえる」という公的封建的遺風のほかに、私的に「不届者」を制裁する集団があった。やくざ集団である。面《めん》を斬った、斬られたということでトラブルのおこるのは、戦前までの通例であったが、面を斬るというのは、「はにかみ」を知らず他人を見すえたということなのであろう。

＊

こういう公的、私的制裁にもかかわらず、人びとはしだいに、他人を正視するようになってきた。しかし、なお若干の怯えが、古い名残りとして残っているので、その怯えを殺すための努力として、人びとの眼つきは「こわく」なってきたのではなかろうか。つまり、眼のこわさは攻撃するためのこわさではなく、自分の内なる怯えに打ち勝つための、いわば心の内に向けられた「こわさ」なのである。

以上は、しかし、私の心をふりかえっての解釈であって、もっと突きはなして考えれば、別の解釈もなりたちうる。味気ない話だが、つまり、人と人とは街頭では他人になったのである。人と人とをつなぐのは、慣習でも感情でもなく、法である。法にそむかないかぎり、人は街頭で「個人」であることができる。完全な法に守られれば、人はこの本の初めにちょっとふれた「対・個人」ではなく「個人」になることができる。したがって、人は他人《ひと》を人とも思わぬ眼つきでいられるのだ。そうした表情は、昔ふうの人が見れば、「眼のこわさ」ということになるのかもしれない。この場合は性別はほとんど意味をもたない。そういえば、ごく最近では、街頭で行き交う人びとは、男女を問わず「こわい眼」をしているようである。

笑い

「笑う門には福きたる」という上方《かみがた》の諺がある。ニコニコ笑っている家には福運がおとずれるということだ。

人間は喜びをもとめ、悲しみを避ける。それは万国共通の人情ではあるが、笑いというと、これはもう「文化的」なものだ。うれしいからかならず笑うというものでもないし、悲しいから泣くというものでもない。喜びの感情と笑いの表現とは直線的にはつながらない。一国の文化の特徴がしみついた表情が、それぞれのお国柄の笑いをつくる。

笑いはかならずしも国境をこえない。イギリス人ならけっして笑わないことでも私たちが笑いころげることはあるし、その逆もまたありうる。また、日本人の笑いといっても、一様ではない。地方ごとに微妙な差があるし、年齢によっても笑いの質がちがう。箸のこけたのを見てもゲラゲラ笑っている娘たちを、老人はいぶかしげに、ときには不愉快そうに見る、といったあんばいだ。

笑いは複雑な人間的表情である。だからこそ、笑いの理論といったものも、なかなか一定にさだまりにくいのである。たとえばベルグソンの有名な笑いの説も、こわばりということを嫌う「生の哲学」から編みだされたもので、一説としておもしろいが、どこの国のどの笑いにも通用すると考えてはいけない。

ここでは笑い一般についての原理を追求するわけにはゆかない。笑いと福とにかかわるごく狭い面についてのみ、考えてゆきたい。私たちが「笑う門には福きたる」というばあい、どうして笑いを福とむすびつけて思いうかべるのか。笑いはなぜ幸福をもたらすのか、という問題である。

＊

福というと、それはただちに七福神の連想をともなうが、福神そのものがニコニコ笑っているとはかぎらないと指摘したのは柳田国男であった。能狂言の「大黒」などはとうてい七福神の一つとは思われぬ顔をしているし、「毘沙門天」などは何ともいえぬきつい顔をしている。

柳田説によると、神は気むずかしいのである。なかなか笑ってくれない。そこで何とか人間が努力工夫して神に笑ってもらおうとする。そこのところを彼はこう書いている。「昔の日本人は勇猛不屈であったが、神に対してのみは一目を置き、しかも神によっては御気が荒く、斟酌《しんしゃく》も無く罰したまう神があった。十分なる帰伏の意を表し、怒をなだめ御機嫌を取る為には、人として一番辛抱のし易いのは、『笑って貰う』ことであった」（「笑の文学の起源」）

神に笑ってもらう——。その神の笑いは優越の笑いである。何と馬鹿な奴だと笑う。すると、神の力がみち、神はなごむ。そこが「笑ってもらう」人間のつけ目なのだ。「笑われる」というのは嫌なことなのだが、神の御機嫌をとるためならしかたがない。損して得とる、というわけだ。人間すべて神のタイコ持ちとなるわけだ。

劣敗者を笑う優越の笑いのこの性格は東西ともに変らない。ただ、西洋では、その攻撃的性格がとりわけ強調され、人の弱点をつく諷刺の笑いとなって結実する。rire amer というフランス語はそのまま訳せば苦笑いということだが、日本語でいう自嘲的な笑いよりむしろ、しんらつな攻撃的な笑いという意味で使われることのほうが多い。ところが、私たちの国では、とくに時代がさがり文化が複雑になるにつれ、人に笑われまいとする防禦的性格のほうが優勢を占める。

そこで、これはあの有名な「恥の文化」ということとつながってゆくわけだが、しかし、古代の笑いと近現代の笑いとは少なくとも区別して考える必要がある。古代の日本人は近現代のわれわれより、ずっと遠慮会釈なく笑っていた。つまり、敵を劣敗者として嘲笑うことで、味方の勇気を鼓舞し、自分も元気づく、そういう笑いが一般的であった。

笑いは元気であり、活気である。もちろんうれしいから笑うということもあるが、逆に、笑っていると元気がつき、活気がでてくるという面もある。このあとの方が笑いの本義なのではないか。

笑いは人間に不可欠の、原初的な健康法である。小むずかしい議論をする、するとこれは肩が凝るという表現で斥《しりぞ》けられる。そんな議論より、漫才や落語のほうが肩が凝らなくていいと言われる。この「肩が凝る」というのは、事の本質をついたうまい表現だ。物を考えるというのは辛いことだ。何となく気勢がそがれるのである。それに反し、ただわけもなく笑えるというのは愉しいことであり、人を活気づけるもととなる。

私たちは何とか人を傷つけず、傷つけられず、大イニ笑エル機会を待ち望んでいるのである。しかし、現実には笑うことで対人関係がまずくなることが多い。劣敗者には劣敗者の人権がある、ということを考えだすと、無邪気に笑ってはいられなくなる。子供は残酷だ、というのは、子供は遠慮なく劣敗者を笑う残酷な無邪気さをもっ

ている からである。
そこでわれわれ大人は、神には遠慮なく笑ってもらい、そのおこぼれで私たちも共笑いをしようということになる。柳田説のように、神の前にへりくだり、笑われ者になるという意識はむしろまれであって、この「共笑い」という意識のほうが、もっと一般的なのではなかろうか。

*

「古事記」の天岩屋神話は私たちの笑いの原構造を示している。八百万《やおよろず》の神々はアマテラスに笑ってもらわなくてはこまる。光が輝いてもらわねばこまるのである。そこで、まず、自分たちが大いに笑う。それにつられてアマテラスが岩屋の戸のすきまをちょっとあける、ということになる。これは神に託した共笑いの心理であろう。
たしかに一ばん笑ってほしいのは神である。とりわけ、太陽の神である。太陽が笑わなければ一切の生産はとまってしまう。しかし、その神に笑ってもらうためには、自分を劣弱者として卑下するよりも、むしろ、はじめにこちらが哄笑《こうしょう》することである。それにつられて神が笑うという筋書となる。

ところで、この哄笑のきっかけとなるのはアメノウズメの全裸にちかい舞姿である。これは劣弱者にたいする笑いであろうか。そうではない。性にまつわることが哄笑をさそうのは、太古の心性をもちえている諸国民に共通のことがらであって、性は、人間の元気、活気、生産といったことに深くむすびついている。これが人類の、そして私たち日本人の根源の笑いである。こうした根源の笑いを共に笑うことで、太陽の光もかがやき、人びとは全身に活気のみなぎるのを感じる。

たしかに、笑う門には福がやってくる。

笑いは性、および生そのものと深くかかわっている。笑いは生をかきたてるものである。人が笑おうとするとき、その笑いの方向性は彼のもつ生の意味に深くつきささっている。もし人が美しい笑い、大らかな笑いを笑いえたなら、その人の生は、美しく、大らかなものであろう。しかし、笑おうとする意志と、笑いが目ざす生そのものとの間に亀裂のあるとき、笑いは奇妙にこわばったものになる。三島由紀夫の高笑いにはどこか不自然なものがあったという指摘をみたとき、私は卜胸をつかれたのであった。

微笑

ラフカディオ・ハーンは日本人の表情について鋭い観察をのこした人である。彼があるとき三人の婦人と汽車に乗りあわした。彼女らは左の袂《たもと》で顔をかくし、こくりこくり居眠りしている。それは「まるで流れのゆるい小川に咲いている蓮の花のようだ」（『心』平井呈一訳）とハーンは書いている。

寝顔が美しいかどうか、それは当人にはわからない、当人にわかっていることは、ひょっとすると不用意な顔をみせるのではないかということだ。不用意に自分の表情をさらけだす、これがこまったことなのだ。少なくとも昔の女性のたしなみにはなかったことだ。

袂で顔をかくすというのは、時には愁いを時には恥かしさを、つまりはあらわな表情をひとに見せまいとするしぐさであって、このしぐさが伝統的なつつしみの表現であることはいうまでもない。

和服姿のめっきり少なくなった当今、――それも「晴れ姿」のみで、着つけもろくにできない娘たちが、袂の袖で顔をかくすかどうか、そのようなことについて確かなことをいう自信はまったくないが、しかし、ハーンが袂の袖にかくされた顔を美しいと感じたことは確かだし、またこの姿態を日本人の微笑とむすびつけて考えていたのは、なるほど鋭い観察だったと思われる。

＊

ハーンはさきの話につづけて次のように言っている。「わたしの家で長年使っていた下男があったが、この男のことを、わたしはふだんから しごく快活な、後生楽な男とばかり思っていた。物を言いかけると、この男はいつでもけらけら笑っている。（中略）ところが、ある日のこと、この男が自分ひとりでいるときに、わたしはそっとのぞいて見て、まるでこの男が気のゆるんだ顔をしているのに驚いたことがある。いままでこっちが知っていた顔とはまるで打って変った顔つきなのだ。心の痛みと腹立ちのこわい皺があらわれて、年が二十も老《ふ》けて見えた。わたしはエヘンと咳払いをして、自分のいることを知らせてやった。すると、たちまちその顔がやわらいで、まるで若返りの奇跡にあったようにはっと明るくなったのである」（同上）

ひとは「この男」のこの笑いをどう解釈するか。面従腹背と攻撃するか。それともお世辞笑いの欺瞞を指摘するか。それとも、例によっての不可解な日本人の笑いをうんぬんするか。ハーンはちがう。彼は言っている。「これなどは、じつに、ふだん自分を殺しつけている自制の奇跡である」わたしもこれと同じ考えである。日本人の笑いは主として自制の笑いであると思う。自制がさらにきびしいばあいには、その笑いすら、袂の袖でかくしてしまう。高らかに笑うことが不自然であると人が感じるとき、笑いはこのように抑制的なものとなった。

＊

微笑つまりエミと、それからワライとの区別をきびしくつけたのは柳田国男であった。ワライにはかならず声があり、エミには少しもない。ワライのばあい、時には相手に不快感を与える。やさしい気持の伴っていないワライもある。それに反し「エムには如何なる場合にもそういうことがない。是が明らかなる一つの差別であった」(「女の咲顔」)

つまり柳田説によると、一座の中で笑っている人が若干おり、それとの同調でホホエンでいる人が、笑う人よりももっと数多くいたのだ。公然たる笑いではなく、むしろ「笑う人に向っての一種の会釈」だったという。「こんなことに笑いこけるのは、はしたないと内心では思っても、自分ばかりつんとしていては、反感を表示したことになる。人が楽しみ又はいい気になっている場合が、ことにまわりの者のエガオの必要な時だったので、是を雷同附和とは誰も見ていないのである」(同上)

笑いがもし哲学的解釈を必要とするむつかしい現象だとすれば、微笑は社会心理学的――それもきわめて微妙な――解釈を必要とするむつかしい現象だ。

個人差――というようなことは今はさておいて、ハーンや柳田が提示したような微笑、これは日本人固有のものだろうか。ある意味ではそうではないと思う。私の出会った数少ない国々の人は、やはり共感の微笑をもらす。フランス語の sourire ということばは、ほとんど正確に日本語の微笑にあたる。

イギリスのかなり格式ばったパーティで、日本婦人が笑い――それもおそらくは微笑をかくすべく口もとを手でおおったところが、それがはなはだ非礼としてとがめられたという話があるが、真偽のほどはどうであろうか。顔にしょっちゅう手をあてることが作法にかなっていないことは当然であろうが、しかし、笑いをかくす動作を、もしかりに不作法だと思う人がいたとすればかなり人間の表情とその表現について鈍感な人ではあるまいか。

＊

会釈としての微笑はおそらくどの国の人びとにも共通の表情である。とはいうものの、たとえばさきにいったフランス語の sourire には人を小馬鹿にしたうすら笑いという意味もあり、われわれの「微笑」にはそのような意味はすこしもないことには注意しなければならない。つまり、会釈としての微笑は、わが国では社会にひろく行きわたった自制としての微笑となっている。これは「文化」として、わが国にははっきり定着しているということだ。

だから、私たちは文化にしたがって人の微笑の意味を正確に読みとるが、それは文化を異にする他国の人には、かならずしも正しく通じはしないということである。

柳田国男は微笑をけっして付和雷同の笑いではないといった。たしかに人につられて笑うといったものではないが、しかし、他人との同調がほとんど自発的とみえるくらいごく自然に行なわれている社会での、これは目立った表情なのである。

私たちは長いあいだ微笑しつづけてきた。とりわけ「目上」の人に対して。それはほとんど第二の天性である。

会釈としての微笑、これは外国人に理解される。しかし自制としての微笑、これは時にひとを感動させ、ときにひとをまどわせる。しかも、私たちは、自制としての微笑から、さらに内に屈折し、複雑化した「微苦笑」の笑いに移ってきた。

＊

ハーンは微笑に自制心をみたわけだが、「微」というのは「小」に通ずる。「小股の切れあがった」とか「小手をかざす」とかいうときのあの「小」である。「小手」という手の部分があるのではない。それは手を「ちょっと」かざすという意味なのである。その「ちょっと」とは、抑制のきいた、自制心のあるという意味をにおわせている。そういえば、人を呼ぶとき「ちょっと」と呼びかけるのは、呼びかけというどうしようもない不作法に対する和らげの気持からである。もっとも、今では「ちょっと」ということばもすたれてきたし、「小」は小生意気とか小ざかしいとか、悪い意味のものばかりが残っているような気がする。

抑制よりも攻撃の方に、力点がうつりつつある。これは文化としては一種の後退現象である。

作法　I

国境をこえていちばんこまるのは、その国々に作法がありマナーがあり、それぞれがかなり食いちがっていることだ。たとえば日本人とフランス人とが一緒に食事をするとしよう。それも日本料理をたべるとしようか。箸を使うというのは当然のことである。フランス人もたいていは箸使いは知っている。パリの中華料理店などでバゲット（箸）はおなじみである。フランス人だからというので、ナイフやフォークを出せば、彼らは自分の「無教養」を指摘されたと思って、かえって不愉快に思うだろう。だから、そこは日本流（あるいは中国ふう、ベトナムふう）でよいのだ。

＊

日本流でこまるのは、たとえば変な話だが風邪をひいていてハナをかむ場合である。食事のさいちゅうだからよけい、気をつかって横をむいてハナをかむ。これは作法というより、私たちの自然の動作である。

しかしフランス人は正面を向いて堂々とハナをかむ。これが彼らのマナーなのである。相手に背をむけるというのが、彼らにとっての失礼なのだ。これは、ちょっとわれわれには解せないことである。相手の顔を見ながらチンとやるくらいなら、むしろハナをすすりあげたほうがましだと思う人がいるかもしれない。ところが、ハナをすするというのは、彼らのもっともカンにさわることなのだから、始末がわるい。

日本流に食事をするさい、いちばんわずらわしいのは杯のやりとりである。お流れをちょうだいするにも、いちいちの作法があり、身分の確認がある。これではとてもやりきれぬので、私たちの間でもこれはずいぶんと簡略になってきた。それでも、なお変わらぬのは、相手に酒をすすめるのは当然の礼儀だという考えだ。しかしフランス人はそうは考えない。彼らは相手の杯に酒をつぐという心づかいをよいマナーとは考えないようである。

私たちは、最大限の快を相手に与え自分もたのしむ、それが食卓のマナーだと心得ている。だから、タバコだって、すきな時にすきなようにすう。食事のさい、途中でタバコをすわないというのは、よほどきびしい風儀の中で育った人だろう。フランス人は、食事の最後の皿がおわるまで、決して（それこそ、みごとに決して）タバコをすわない。食事が終わってタバコをすうさいは、まず、相手にすすめる。それがマナーである。そのくせ、食事のさいちゅう、こちらの杯がからになっていても平気である。こういう食いちがいはどうしようもない。瑣末なことになると、無数の食いちがいがある。いちいち目くじらをたてていたらきりがない。

そこは笑って見過ごすにかぎる。日本料理をいっしょにたべるさい、私たちは笑って見過ごすとしよう。それでは、フランス料理をたべるさい、彼らは笑って見過ごしてくれるだろうか。

＊

いつだったか、地方のホテルで何百人という女子高校生がテーブルマナーの会をやっているのに出あい、おどろいたことがある。卒業を前にひかえて、西洋料理の食べかたを学校主催でやっていたのだ。かわいい少女たちが、説明どおりのマナーにしたがい、けんめいにナイフとフォークを動かしているこの集団ゲームには、どこか人を感動させるものがある。私たちはこれほど「外国」に気をつかっているのか。

気をつかいすぎ、くたびれはて、あげくには、感情を爆発させるということもある。先日もハワイのホテルで、深夜、一日本人が酔って廊下でどなっているのを目撃した。彼の言うところでは、我慢に我慢をかさねてきたのだそうである。しかるに、なんだというのだ、この扱いは……ということでくだを巻いているのだが、かんじんの彼の抗議は何に向けられているのか、よくわからなかった。彼の主張したかったのは、具体的なかくかくの問題ではなく、彼が我慢に我慢をかさねたというその「気持」なのであろう。私は彼の言動に不愉快を感じるよりも、私たちに共通の「気持」にふれた思いがして、物悲しい笑いに誘われた。なんのために彼は我慢に我慢をかさねてきたのだろう。ほんとうはそんなに我慢しなくてもよかったのだ。ただ国境をこえるといかにもマナーがちがう、そのことに彼は敏感でありすぎたのだ。敏感だったために、ついには、深夜、ホテルの廊下でどなるという、万国共通の不作法におちいってしまったのである。

一気に感情を爆発させるという不作法の底には、我を抑える抑制があり、その抑制の底には、彼我の違いにたいする敏感がある。逆にいえば、その敏感が「郷に入っては郷にしたがえ」というエチケットの過剰尊重ともなり、ままならぬエチケット遵守《じゅんしゅ》のはてに、彼我をおどろかす感情爆発となる。この構造は、ちょっとむずかしい仕組みになっている。抑制がどうして爆発に終わるのか。

＊

日本人の謙遜、抑制、ということがいわれる。いっぽう、日本人の自尊心の高さ、怒りっぽさということもいわれる。その間をつなげて考えるのはむずかしく、日本人の一つの謎などと大げさに外国人に言われることもある。

理解のかぎはおそらくこうであろう。つまり抑制とはわれわれの間にあっては一つの自己主張なのだ。感情を巧みに抑制しうるということが、かえってその人の価値となる。いかに巧みに感情を抑えているかという身振り、しぐさが、その人の価値を浮きたたせることになり、したがって、抑制がかえってその人の価値の主張となるのである（ベトナム人もまた、相手に反対するときでも、儀礼上、にこにこしながら話をする。やはり抑制の文化である。しかし、彼らの「抑制」が私たちのような「爆発」にいたるかどうか。自信はないが、どうもそうではないようだ。ここでは抑制の質が問題になってくる）。

前に日本人の「微笑」のところで述べたように、笑いの抑制は娘の美しさをいっそう映えたたせるが、それは、抑制一般に置いているわれわれの価値観にもとづく評価である。それではいったい、エチケットとはなんのことか。私たちの国でもエチケットということをやかましくいうが、万国共通のエチケットというものがありうるだろうか。そんなことが疑問になってくる。

作法 II

日本の近現代社会はどうも「成り上がり社会」であるという印象がぬぐいがたい。急速に成り上がったもののもつ「不作法」の感じが、われ人ともにつきまとっている。たとえば評論ひとつ取っても、けんか腰の評論が多い。また、読者もけんか評論をよろこぶ。けんか、とまでゆかなくても、腕まくりしたような恰好が目にうかぶ。そんな文章が多い。良くいえば、気負った、とでもいうのだろうか。

明治のはじめに日本に渡ってきた西洋人は、日本の若者が伝統破壊、伝統無視ということを叫びつづけているのにおどろいたという。もちろん西洋にも反伝統主義というのはあるが、年端もゆかぬ若者たちが、いっせいに、反伝統を言うその「社会現象」におどろいたのだ。私たちは、大げさな身振りで、過去を、家を、故郷を、伝統を、風俗を、権威を否定し、そのことで「自我」がたてられると信じてきた。作法というものも、もちろん、その例外ではなく、いや、作法という身振り抑制の型こそ、まっさきにヤリ玉にあげられてしかるべきしろ物であった。

欧化の波の中にあって、国粋を叫ぶ人たちも、あえて「作法」を守ろうとはしなかった。「けんか」はむしろ、理念のレベルで行なわれていたので、国粋派の言論の身振りが、西欧派のそれ以上に不作法であるということも、じつは珍しくなかったのだ。要は勝ち負けだ、ということになると、細かい抑制に価値を見いだす作法など、ほとんどどうでもよいものになってしまう。

＊

しかし、エチケットというものは違う。どう違うのか。どこが作法と違うのか。これにはだれもうまく答えられまい。ただわかっているのは、エチケットは西洋伝来のものだということだ。

エチケットは欧化の一つの重要項目だった。エチケットを知るというのが紳士の一条件だった。なぜなら、西洋にはエチケットというものがあり、これを知らないと「バカにされる」から、という単純な理由で。エチケットというところをエケチットと発音しただけでバカにされる。そんな風潮が一時はあった。

私たちは身振り抑制の型としての作法を意識的、系統的に破壊し、無視してきた。しかし、無視してきたあげくが、世界には別の「作法」があり、これを守らないと

「バカにされる」というので、急いでその講習会をやるというはめに陥ってきたのだ。

＊

けっきょくエチケットというのも、一つの作法である。これを守るかどうか、あるいは郷に入っては郷に従うのがいいのかどうか、――という問題の前に、作法とは普遍的なものかどうか、それとも個別文化的なものか、を考えてみよう。

おどろくのは、エチケットということばじたい、地方的で個別的であったという事実である。エチケットというフランス語には荷札という意味が今もあるが、これはもともと訴訟書類などを入れておく袋につける目安札のことだったらしい。いわば分類目録みたいなものだ。それがどうして礼儀作法という意味になったのか。

伝えるところによると、十五世紀のブルゴーニュ公フィリップ・ル・ボンは、王位を得られないくやしまぎれに他のどの宮廷にもないほどの荘重な繁文縟礼《はんぶんじょくれい》をつくりあげた。その繁文縟礼がエチケットなのである。訴訟目録のように煩瑣な「エチケット」を作りあげたわけだ。この「エチケット」は十五世紀にブルゴーニュの姫がオーストリアに嫁《か》すると共に、その地に波及し、次いでスペインにも伝わっていった。というわけで、宮廷の「エチケット」が全ヨーロッパに伝わっていったのだが、注目すべきことは無知の人びとをおびえさすエチケットが実はくやしまぎれの劣等感から出てきたという事実である。エチケットには何の権威も正統性もないわけだ。

といったところで、別にエチケットそのものをおとしめようというつもりはないが、エチケットがじつは地方的発生にもとづき、より大きな普遍を野望するものであるということは、考えに入れておいてもいい。

ヨーロッパのある貴族が非ヨーロッパのある人と食事を共にした時のこと。後者はテーブルマナーというものに皆目無知で、食卓の上にあった大フィンガー・ボウルの水をがぶがぶ飲んだ。すると前者、つまりエチケットに通暁したくだんの貴族は、彼もまた平然とフィンガー・ボウルの水を飲みほしたという話がある。

*

これはかなり有名な話で、考えようによっては、その貴族、いささかいやみでないこともないが、しかし、別の作法の体系を持っている人どうし、ぶつかった場合、自分の作法に固執するのは、かえってそれは劣等感の現われにすぎないのかもしれない。つまり、エチケットの強要は、自分の属する文化の強要であり、その強要の底にはひがみとか劣等感が横たわっているのではないか。

エチケットとは、かならずしも能率に関することではない。むしろ、美に関することだ。自他の行動、身振りにたいする快・不快の規則の集積がエチケットである。これが各文化により、いちじるしく異なることは理の当然であろう。したがってエチケットを文化をこえたものとして「学習」したり、強要したりすることは、ほんとうはおかしなことだ。

家庭とか郷土とか、せいぜいが一国の文化とかいう巨大ならざる集団の「作法」が作法とかエチケットとかの名に値する。それをこえた超エチケットというものは、当分の間、地球上に訪れることはあるまいし、訪れることを歓迎する理由もないのである。

いけばな

「しぐさの日本文化」という総題をかかげながら、少々矛盾したことをここで言うようだが、日本人のしぐさの一つの特徴は、しぐさ、身振りがほとんど見られない、貧弱である、あるいは抑制されているということである。目だった身振りがないというのが、日本人の身振りの一特徴なのである。

私は電車などに乗ると、そこでしゃべっている人の身振りについ注目してしまう。結論は、目だった身振りがないということである。ところが先日、電車の中でふと気づくと、前にすわった中年婦人ふたりが、身振り手振りにぎやかに話している。手を突きだし、それをひるがえし、それを自分の胸に持って来……、とにかくにぎやかなのである。私は目を見張って注目していた。日本人もこのように変わってきたのか。うかつにも初めはそう思ったのだ。しかし、しばらく見ていると、どうも彼女らの話しているのは日本語ではないらしい。らしい、というのはそばへ行って聞き耳をたてるほど無遠慮にはなれなかったわけで。だから確かなことではないが、彼女らは中国人のようであった。

とにかく、その時私は「やっぱり」というがっかりしたとも安心したともつかぬ妙な感慨にとらわれた。やっぱり、日本人の身振りは貧弱なのだ。

その代わり――いけばな、がある。

――と言っては唐突に過ぎるだろうか。

＊

いけばなは、日本人の身振りの転換したものである。異論があるかもしれないが、私はそう思っている。床の間のいけばなを見ると、私はそれをいけた女性の、ふだんは表現しようと思っても表現できない微妙な彼女のしぐさをそこに見るのである。あるいはそこに「読む」のである。

女性は美しい（ということになっている）。女性自身、女性は美しい（ということになっている）ことを知っている。ここまではおそらく万国共通である。日本での特異性は、そのことを誇示してはかならずしも「美しく」はなくなるという点にある。「これ見よがし」に鼻にかけては、美しいものも美しいと見られなくなる。

容貌や化粧や着物の柄や着つけについてはここでは省く。問題は動作である。身のこなしである。それはなるべく目だたず、控え目なのが良いとされる。なぜ控え目がよいのか。誇示をきらい遠慮を良しとする文化の中にひたされているからである。

こんなこと、言ってみれば当たり前のことだが、たとえば自分の美を「ひけらかす」習慣の西洋婦人の中に遠慮がち、伏し目がちな日本女性を置いてみると、まことに「いじらしい」ほどである。よほど「日本人ばなれした」女性でも、やはりそうなのである。だいいち、目立った身振りというものがない。あるのは、身振りではなく、かすかな「しぐさ」なのである。それは外国人の目にはほとんどとまらぬほどの、かすかで優美なしぐさである。

＊

私はこれまで「身振り」と「しぐさ」とをほとんど同一視して「身振りやしぐさ」と言ってきたが、じつはわが国では「身振り」は「大げさな身振り」であり「しぐさ」は「優しいしぐさ」なのである。身振りとは抑制のないゼスチュアであり、しぐさとは抑制のきいたゼスチュアである。

いつだったか、料理屋の茶室ふうの部屋で年配の仲居さんが一座の客にお酌するその「しぐさ」におどろいたことがある。彼女は四、五人の客に一度にお酌しなければならない。といって、あちこち、身体を動かすことはできない。狭い茶室であった。彼女は坐ったまま心持ち身体をかたむけ、次の客にお酌していった。かたむく身体は左手でささえる。その左手は何本かの指でささえられている。その指づかいの「優しいしぐさ」に私は不覚にも心動かされた。その女性の、そのしぐさを私は美しいと思ったのである。

指で身体の重みをささえるそのしぐさは、おそらく無意識の、そしてやむをえない動作であった。そこに「優しさ」のにじんでいるとき、心が動かされる。「やむをえない」「無意識」が、しかも「文化の型」にのっとって表現されるとき、私たちはこれを「優しいしぐさ」として認めるようである。

無意識の、やむをえないしぐさと「文化の型」というものがどう関わっているのか、これはやがて、日本の踊りや所作事の分析として話をすすめてゆかねばならぬことであるが、今は、少し、脱線しすぎたようである。今のところ、大げさな身振りは禁じられている。少なくとも美的に禁じられているということを確認しておけばよい。

*

身振りはやはり「優しいしぐさ」でなければならない。ところで、もう一つ、身振りが肉体をはなれて他の対象に「転移」されれば、それはそれで美しいと認められるのである。私はいけばなのことを言っているのだ。

西洋人も草花を花びんに投げ入れておくことを好む。西洋の女性も、自分の美を花の美になぞらえることを好む。自分がバラの花であったり、かれんなフリージヤの花であったりする。しかし、日本のいけばなのように、たとえば梅の枝を剪《き》り、曲がりにくい枝をたわめ、そこに微妙な感情表現をこめるということは絶えてしない。彼らは、そのような表現は、顔で、身体で、手で、するであろう。

美を誇示することは私たちにははしたなく思われる。それはナマの自我の表現であり、誇示である。それに対し、自分を一本の梅の枝にたとえ、そのようにして「客観化」された「自分」を、さらにもう一度「自分」の目で、ためつすがめつ手を加え、ある形にまとめあげる。それは、抑制のきいた自分を文化の型の中で客観化し、美に仕上げてゆく過程である。

いけばなは、（文化の型にひたされる、という意味での）社会化された自分の表現である。とりわけ、社会化されることで初めて許される「身振り」の表現なのである。「集団的個人」「個人的集団」という、初めにふれたあいまい領域、――習俗がまさにそこに根を下している領域での、これは芸術なのである。だから、西洋風にいえば芸術であるにもかかわらず、——日本風にいえば、芸ごとであるからこそ、才能の有無にかかわらず、猫も杓子もいけばなを習いに行く。また、習いに行けるのである。

いけばなの「身振り」は静的である。何かの激しい動きは過去に、つまり表現以前にあったのであろうが、今は、ぴたりと「ある型」にはまって静止している。目に見えぬ動きは、枝から枝へと走り、やがて先端にいたってぴたりと止まっている。この緊張をはらんだ静寂のうちに、私たちは、末梢（ディテール）に至ってはじめて全体を感覚的にまとめあげるという日本文化の一つの型を見出す。

細部における入念な手入れ、洗練。それは時には全体の見通しの悪さをもたらす。植木職人の造園設計にも、この特徴はのこっている。全体から部分にいたるのではなく、部分から全体へ。身体のうごきの美学にしても、全体をまとめる身振りではなく、洗練された細部であるしぐさに私たちの関心は向かうのである。

つながり

もう十年以上の前のことだが、いけばなについて私的感想を述べたことがある。少し長いが、話の都合上、ここに引用させていただく。
「私たちの国では生花は〈美しい〉以上のなにものかである。妻は、梅の枝を微妙にたわめることによって、微妙にたわめられている自分の愛情を夫へ象徴的に伝えるのである。夫は妻のすぐそばにいるが、妻の方を直接ふりむこうとはせず、床の間の梅の枝を見、そこに象徴された妻の思想感情をくみとるのである。生花は（中略）永続的なコミュニケイション習慣として、私たちの家庭内コミュニケイション障害をいやす機能を果しつつあるのだ。しかも、生花にある〈かたち〉を与えることで逆に自分の思想、感想がある〈かたち〉を与えられる。そういう芸術を成立させるための根本条件を生花はそなえている」（「小市民の文学意識」『複製芸術論』所収）
　十年ほど前私は右のようなことを考えていた。ここには、二つの発想があった。一つは「かたち」の意味であり、もう一つは人と人との「つながり」の意味であった。

以前はここで発想の芽は止まっていた。今は少し、これを発展させて考えてみたい。

まず「つながり」の方から考えてゆく。

いけばなは人と人とをつなぐ。これが私の考えである。女は物言わぬがよし、と古来されてきている。その物言わぬ存在が、いけばなに自らを託すことによって、人と人とをつなぐ強力な媒体となりうる。物言う客と主人とをつなぐことで、物言う人びとよりも、もっと意味深いことを言う、そういう存在になる。

いけばなは一例である。

一般に、人と人とをつなぐ物（たとえば生花）あるいは人（たとえば仲人）は、わが国では意外に大きなはたらきをになっている。間にポツンと置かれている物、あるいは間に立つ人というのは、空間的にさまざまのおもしろいはたらきをするし、またひいては時間的にも、人間社会をつなげてゆく、つまり連続させてゆくおもしろいはたらきをする。

坐り仲人とか頼まれ仲人とかいうことばがある。概して悪い意味で使われる。仲人はやはり、実質的に人と人とを結びつけなければいけない。そうでないと「誠意」がない。――こういう考えは、おそらく近代の考えである。仲人、というより西洋的な意味での紹介者であろう。

紹介者もやはり人と人とをつなぐ。しかし仲人のばあいは、人と人とをつなぐ実質的なはたらきよりも、「つながり」の象徴として人と人との間に「いる」ことが大事なのである。つまり、ただ「坐っている」ことが大事なのだ。いわば縁結びの神の世俗的表現が仲人というものである。

＊

どうして仲人といった奇妙なものがいるのか。男と女が人のなかだちなしに、ただ愛情と誠意とをもって結ばれたばあい、どうしてこれを野合《やごう》というのか。これは若い時の私を苦しめた疑問であった。

結納のときには、「幾久しう」と言い、婚礼のときには、「御縁」ということを言う。これは暗示的だ。幾久しい縁によって人と人とがやっとつながれてゆく。家族や社会という集団が成りたってゆく。逆に考えれば、幾久しい縁がなければ、家族も社会もありえないのだ。そして「縁」とは各人に内在するものではない。人と人との間から、人と人との仲介によってたまたま出現する神秘的事象なのである。縁はつねに「異なもの」である。

人の仲介と言ったが、しかし、じつはこの「人」の背後には、うかがい知れぬ神秘がある。この「人」は、なるべく「人」臭くないほうがよい。なぜなら、人と人とをつなぐものは、人－自然－社会の観念複合体であるように思えるからだ。

どうして「子はかすがい」と言うのか。子供への愛着ゆえに男女の仲がつながる、ということなのであろうが、しかし、その底には、子供によってやっと縁がつながったという認識があるのではないか。子供は無邪気である。子供は「自然」である。この「自然」を媒介にして、やっと縁がかたまる。これは神ということばで呼んでもいい何ものかである。

家族間の呼び名がおもしろい事例である。わが国では、生まれたばかりの赤ん坊を基準にして、オニイチャン、オネエチャン、お父さん、お母さん等々と呼びあう。だから妻が夫に向かい「お父さん」というふしぎな呼び方をする。母が長男に向かい「オニイチャン」と呼ぶ。これはみな、赤ん坊を中心に据え、赤ん坊を家族間のつながりのもとと考えているからである。

＊

時代映画などで、男と女が寄りそうとき、ぽっかり大川端などに月がうかんでいる。その月をふたりが見あげてやっと二人は気持を通わせ手をつなぐ、といったシーンにお目にかかる。このばあい、月が二人のコミュニケイションの仲だちになっている。私はかつて、こういう形式のコミュニケイションをクッション型のコミュニケイションと呼んだことがあるが、じつはこの「クッション」が曲者《くせもの》なのである。

お月さま、赤ん坊、生花——と並べてくると、そこに何かの形で私たちの自然観が投影されていることに気づく。月は自然そのものであって私たちの運命を観照している。いけばなは、人の手をくわえた（ということは社会化された）自然である。赤ん坊は、人間世界に仮象した自然である。

こうした自然は、私たちが手を加え（いけばな）、あるいは私たちが性のいとなみで作り（赤ん坊）、あるいは私たちが象徴の体系にくみいれた（月）自然である。それらは、たしかにある意味では人工的であるが、しかしやはり、私たちの世界、および人間たちを観照する「自然」なのである。いけばなも、そのような「自然」であるからこそ、いけた女性の手をはなれ、床の間から私たちを観照する存在となる。そして、そのようないけばなをクッションとして、はじめて主人と客とは、気持の通いあうのを知るのである。

つながりはなるべく物言わぬがよいのである。物言わぬことで、空間の中にある種の流れがうまれ、時間の中に文化という名の連続性がうまれてくる。

かたち

姿かたち、ということばがある。風貌姿勢を問題にすると、このかたちという含蓄のあることばに行きあたる。

いけばなの知恵は、無限に、またかなり容易にかたちをあらためられるところにある。その時々の気分にしたがって、枝のたわめ方を変えてみる。それをためつ、すがめつしてかたちをきめる。そのかたちは、作法にのっとりつつ、しかし、どこかでずれているはずである。そのずれが「個性」の表現として価値あるものなのか、それとも、ずれを含みつつ、けっきょく型に、作法にはまっているところに「美」があるのか。ここに文化を解釈する上での難問の一つがある。

「かたち」ということばは、「かた」と「ち」という二つのことばに分解される。いけばなには、天地人とか、シン、ソエ、ヒカエ、とかいう作法がある。これが「かた」である。型といってもいい。しかし、川添登氏によれば、問題は型よりも「ち」の方にある（『日本文化と建築』）。

川添氏は、『複製芸術論』所収の「小市民の文学意識」で示した私の考えを引用しつつ次のような論旨を展開している。「チとは、神話学者、松村武雄によるとカミ（神）、ミタマ（魂）と並ぶ霊格の一つであった。いや、カミやミタマよりも、もっと根元的な存在態であったという。たとえばオロチ（山霊＝蛇）、タチ（田霊）、ミチ（水霊）、イカツチ（雷）などでその存在が認められるが、古典によればチには上の〈霊〉以外に〈血〉、〈乳〉、〈風〉などの文字があてられていた。風は、東風をコチとよび、早風、疾風をハヤチとよぶそれである。これにイノチ（生命）とかチカラ（力）のチを考え合わせてみたとき、生命の根元的なエネルギーを、古代日本人がチと命名していたことは、明らかに推察されるところであろう」

語源的解釈の当否は別として、かたちの「ち」とは、生命の根源的エネルギーだというのはおもしろい説である。日本の芸事や作法は「かた」を通じて伝達されるが、その「かた」は「ち」と結びついて、はじめて「かたち」となる。

しかし、結びつくと言ったが、どういう結びつきかたなのか、そこが問題なのだ。型とは、形式であり、器であり、鋳型である。そこに「盛る」べき内容が「ち」なのか、それとも、そういう形式と格闘する「生命の根源的エネルギー」が「ち」なのか。

型とは、かつて中井正一《まさかず》が微細な分析で示したように、時間的に過去なるものを現在にうつす時にも用いられる。武芸の達人が、あるいは芸能の名匠がのこした型を、後世の人が学ぶ。それは、型を学ぶことに過去の価値を再現出させようという努力なのである。

中井正一は「かたち」ではなく、「かたぎ」ということばに注目したが、しかしこれもまた「かたち」と類縁のある思考形式を暗示している。彼は「かたぎ」のあらわれを次のように分類した。「儒者気質《かたぎ》、遊人気質等々のものは同時代的対立的性格であり、公卿気質、武士気質、町人気質、職人気質などのものには歴史的イデオロギー的観点よりするものが潜んでいる。娘気質、息子気質、親父気質、老人気質、隠居気質はまさに時間的な人間的対立性格をあらわしている。江戸気質、上方気質は空間的な人間的対立である」(「気質」)

つまり職能、身分、老若、男女等々の対立差異による性格分類が「かたぎ」である。この「かたぎ」と「かたち」とがどうつながるのか。私にはどうも、かたぎという社会的性格があってはじめて、かたちという個人的、瞬間的性格が成りたつように思われる。

たとえば、戦後社会のいちじるしい変貌の一つは、物のけじめがなくなったことがある。老人が若者のように振舞い、女が男のような恰好をし、さらには夜と昼のけじめ、春と夏とのけじめもなくなりつつある。それはすべて、社会的対立的性格の消滅ということにつながっている。けじめと呼ばれてきた社会的対立的性格がうすれると「かたぎ」ということばが実体的基盤を失い、「かたぎ」が消滅すると、個人のかたちというものまで、何だか怪しげな感じになってくる。どういう姿かたちを私たちは良しとしているのか、それが怪しくなってきている。

学問の世界で型の消滅したことを批判したのは丸山真男氏である。「学問でいえばね、たとえば塾なら塾、藩校なら藩校で、徹底して学問の型を教える。（中略）遊女は遊女ですよ、蚊帳に入るときの身ごなしまでね。微に入り細を穿った型があって、それを長年かかって習得したひとだけが太夫になれるんです。（中略）型をみがき洗練することですね、全体の文化体系をあれほど完成した社会ってのは江戸時代以外にはない」（鶴見俊輔編『語りつぐ戦後史』）

江戸三百年は営々として型を作ってきた時代である。日本文化という名で私たちが思いうかべるほとんどすべてはこの時代の産物である。ということは、閉鎖的社会であったおかげで、この時代の文化は伝統ということについて、見事な受けつぎのシステムを作ったということであって、「かたぎ」も「かたち」も、そのシステムの一例にすぎない。

明治以後、とりわけ戦後は、型がひたすらくずれてゆく社会である。丸山氏の用語を借りれば「型なし」社会である。それにはそれなりの理由がある。だいいち開放型社会であり、生産が飛躍的に向上する社会であり、したがって人と物の移動の極端に激しくなってゆく社会である。正統とは旧弊の別語にほかならぬ社会であってみれば、「かたぎ」とは、過去の亡霊といった意味しかもたない。

人は「かた」にとらわれず、めいめいの「ち」を追ってゆく。ところで、こういう型なし社会にあって、「ち」を規制するのは何であろうか。若者はかたちを崩すことで「ち」を「純粋」に追求しているような錯覚におちいる。しかしこの「ち」は、伝統や正統よりも、より強力でより恐るべき社会諸力の強制力に裸で向きあっているのである。

型とはロマンチシズムを規制しながら、同時にそれを保護するものでもあったわけだ。人はアンフォルメルというものにどれくらい耐えうるものであろうか。

坐る　I

日常私たちになじみの姿勢は坐る姿勢である。坐るのが普通で、立っているのは普通でないという感覚がある。

むかし小学校でいたずらをしたり忘れ物をしたりすると、よく「立たせられ」た。今はもう、そんなことはないのかと思うと、そうでもないらしい。今でもやっぱり立たせたり、立たせられたりしているようだ。「立っている」というのはそれだけですでに懲罰なのである。

よその国ではどういうことになっているのか。このへんのデータははなはだ不足しているが、たとえばイギリスの小学校では、授業に加えてもらえず砂場で遊ぶのが罰だと聞いたことがある。遊ぶのが罰とは結構みたいだけれど、これは「寛容的抑圧」というところだろうか。

ともかく、立たせるということだけではヨーロッパでは罰にはならない。ブルターニュの農村へ調査に行ったときも、一時間ものインタビューに、こちらが「立たせられた」のには閉口した。疲れた、ということもあるが、なにか日本人としての私にはそのこと自体、感じが悪いのであった。それだけわれわれの間では坐礼が普通のことになっていることだろう。人に座ぶとんをすすめ、まずオタイラにというのが、人との出会いの常態なのである。

私たちなら畳の上に坐るところを、ヨーロッパ人は椅子に坐る。これは目だった違いであり、それだけ人目をひきやすいが、しかしこれは、畳と椅子のちがいこそあれ、坐るという点では、つまり腰をおちつけるという点では変わりがない。

＊

川添登氏の説によると、椅子はもともと生活の便のためのものではない。権威の保証だったのである。エジプトの絵画などをみても、椅子に坐っているのは王、王妃であり、書記はあぐらをかいて事務をとり、後宮の女性たちも床に坐っている。「椅子に坐るのは神の子ないし神の代理者であり、それは神そのものになることを意味したであろう。少なくとも高位高官のシンボルである」（『黒潮の流れの中で』）

椅子というものが日常生活における快適を考慮されるようになったのは、ルネサンス以後のことである。しかし、もちろん、それ以後といえども、椅子の神聖感はのこる。椅子に坐るというのは神にひとしいものになるということであり、人は椅子に坐ることで、神を自分にとりこんだということができる。大衆が椅子に坐りだしたとき、それは大衆が神々になった時なのである。

日本では高床式宮殿そのものが「椅子」であった。それは神聖と権威の表現である。臣下は高いきざはしの前で「平伏」していた。畳はもともとタタメル敷物のことだったが、これはいわば「椅子」の中の「椅子」である。宮殿の中の、さらに高位のしるしであった。

その点、西洋よりもはるかに権威主義的であったといえなくもないが、しかし、おもしろいことに、その畳という道具が建築化し、部屋一面にしきつめられるようになると、もっともデモクラチックな機能を果たすようになった。下女下男は畳の上にあげない、といった例がなかったわけではないが、しかし、たいていの場合、すべての人が畳という同一平面上で暮らすようになる。いわばみんなが「椅子」に坐っているようなものだ。

ヨーロッパでは事はこういうふうには運ばない。椅子の数は限られており、椅子の種類に上下がある。

ついでにいえば、日本での座の序列のきびしさは、畳という「平準化家具」を補うものであったといえる。つまり、序列がきまらなければ、みんなが同じ畳に坐っているということになり、それこそ、あまりにもデモクラチックにすぎるということだった。

というわけで、私たちは畳に坐ることを常態と心得ている。この常態からさまざまの坐礼、目くばり、おじぎ、あいさつ等々が生まれてくる。畳に坐るという姿勢は、私たちの姿勢、動作、しぐさの基本的枠組である。

「すわっていれば、うしろをふり向くことは苦痛だし、あっちこっちキョロキョロ見まわすことも苦手になる。立って、すぐそこにあるものを手にとることもおっくうになる」(堀秀彦「すわる思想」)

こういう考え方が一般的であるが、しかし、「あっちこっちキョロキョロ見まわし」したり、「立って、すぐそこにあるものを手にとる」のがおっくうなのは、坐の姿勢にかぎらない。むしろ臥《が》の姿勢のほうが、その意味で行動には不便であるし、だからこそ、より「落ち着く」のである。

＊

落ち着く、ということだけで、坐の意味を考えるのはまちがっている。坐は、臥と立の中間にある姿勢である。臥にくらべれば坐はより社会的であり、立にくらべればより生命的、根源的である。栄久庵《えくあん》憲司氏は「臥・歩・坐」をそれぞれ生命的根源、動物的根源、人間的根源の姿勢と呼んだ。私はこれを少しずらして考えたい。臥が生命的根源であるという説には異論がない。「寝ころぶ」の項で私の考えを述べておいた。ただし、「歩」あるいは「立」は、動物的というよりむしろ社会的姿勢なのだと私は考えたい。社会という集団組織を組むための姿勢である。「坐」は、人間的というより、むしろ待機の姿勢である。社会と生命の根源のあいだにあって、待つ姿勢である。そして「態度」とは、行動への身構えであるとすれば、一国の文化の「態度」は、やはり坐の姿勢にもっともよく表われていると考えるのが筋道であろう。つまり、文化の基本的枠組なのである。

こういう観点から、畳に坐るということの意味をもう一度考えてみなければならない。

坐る　II

道元は「只管打坐《しかんたざ》」（ひたすらすわる）と言ったという。こういうことばを聞くと、私たち不信の徒も、なるほどと思ってしまう。ただひたすら坐って、目の前の小さな視野に心を限ってしまうと、落ち着きとか安心とかが得られそうな気がする。

映画の小津監督は、現場であまりに腹ばいすぎたため胃をいためたというゴシップがある。あるいはカメラマンの話だったかもしれない。ともかく、なぜ、そんなにしょっちゅう腹ばいになっていたのか。それがふしぎだ。解答は、小津好みのカメラ・アングルのためである。映画やカメラはもちろん西洋からの到来物である。ふつうのカメラ・アングルは、西洋人の立った姿勢、あるいは椅子に腰かけた姿勢に合わせてある。ところがこれでは、日本の風景、とりわけ室内を撮るときにはどうにも落ち着きが悪いのだ。

小津監督は日本のこまやかな美に敏感だった人である。彼はアングルをぐっと低くし、下からなめるように室内を撮ると落ち着くことを発見した。そのため、つねに腹ばいになってカメラをのぞいた。そのため胃を悪くした——これはまあ、ゴシップのたぐいだが、さもありなんと思われる。床の間にしろ、いけばなにしろ、違いだなの置きものにしろ、すべて、坐った人物の視線を基準にして、日本のインテリアはしつらえられている。坐高の目の高さ、これがいわば日本文化の一つの基準なのである。「只管打坐」といった宗教的意味は別としても、坐るということ、その行為、その状態にまつわるモラル、美感、快適感等々は、日常生活のただなかに、それこそ「坐って」しまっている。坐りがいいのである。

＊

ところで、昔の人はどういうぐあいに坐っていたのか、アグラをかいていたのか、それとも正坐していたのか。正坐というのはもちろん新しいことばだが、アグラということばの流布したのも、そう遠い昔のことではない。昔は、ただ「いる」とか「おる」とか言っていたようである。正坐の系統は、柳田国男によれば、拝跪《はいき》の礼に由来する。きざはしの前で貴人にたいし拝跪する。その跪坐《きざ》から「坐る」ということが来ている。したがって、昔は腰を足の裏に落ち着けてはいけなかった。ところが、家庭内にしばしば客を迎えるようになって、この跪坐がくずれ、人びとは「坐る」ようになる。その変遷を柳田は次のように書いている。

「……殊に客殿を出居《でい》に取続けた結果が、主人が家のうちでも尚《なお》拝跪の礼を行わねばならぬことになった。貴賓は固《もと》より安然として此《この》礼を受けたであろうが、之を款待《かんたい》の一方法として対等の客にまで推し及ぼすことになると、相手も之に向って所謂《いわゆる》オラクに居ることが出来ず、双方膝を屈して謹んで居る間に、段々と婦女子も学んで足の甲を延ばし、之を床に附けて、足の裏に尻を置く今日の坐法が始まったものらしい。即ちスワルというのは尻をスエルことであり、方言では弘く之をネマルとも謂《い》って居る」（「民間些事《みんかんさじ》」）

つまり武家の都市生活のはじまったころより、イルはスワルに変化し、固定し、一国の風習となっていったということである。

なお、起源を言えば跪坐、正坐の風は唐から伝わったものである。「清末、明治の初年、日本を訪れた中国人は、日本人が〝両膝ヲ床ニツケ、腰ヲノバシ、正坐シテ足デ尻ノ後ヲ承《う》ケル〟動作・状態を見て唐制の遺風が日本に伝わっていると感嘆した。」「中国で椅子に腰かけるのが一般化したのは、北宋はじめのころからだという」（今村与志雄「古典文学研究への問題提起」）

正坐はこのように跪坐の血脈をひいている。ということは、「礼」にかなった日本的社交の姿勢となったということだ。しかし同時に、跪坐よりはすわりのいい安楽な姿勢でもある。「楽」原理からすれば、アグラと跪坐の中間にあるのが、正坐の姿勢といえる。

まったく楽でもなく、まったく固くるしくもない。その中間の姿勢を日本人がえらんで以来、この姿勢にまつわるさまざまのモラルが生まれてきた。モラルが先にあって正坐がうまれたのではない。折衷の姿勢がやがて正常の慣習となり、そこからモラルがうまれてくるところ、この成りゆきに私たちの心性の特長がある。

正坐して腹の下に力をいれる。するとふしぎな力が生まれるという。それはどうしてなのか。正坐すれば「落ち着く」とはよく人びとが言う。つまり心の平静、安心がえられるというのだ。しかし、平静とか落ち着きといえば前にふれた「臥」の姿勢のほうが、はるかに落ち着くのではあるまいか。けっきょく、落ち着くだけではいけないのだ。「力」を生む姿勢が必要なのだ。ここで、事はモラルにかかわってくる。

跪坐でもアグラでもなく、正坐がそれこそ正常な姿勢として定着したのは、一つには、足を折りたたんでおく、という点にあったのではないか。話が少しとぶようだが、武家の座敷はすべての道具、日用品がとり片づけられているのが良しとされる。いわば「無」である。この「無」はじつは待機の姿勢であって、いったん緩急あるときは、納戸、なげしから必要なものが即座にでてくる。余計なものは一切置いていない、ちり一つとどめぬ座敷を良しとするのは、無用の物を片づけておく待機の姿勢を良し、美しとするからである。

足は歩行には必要だが、座談には不必要である。これを腰の下に「片づけておく」姿勢が、やはり待機の美学、待機のモラルにかなったのではなかろうか。アグラのほうが楽なことは言うまでもないが、アグラでは無用のものを放りだしたようなみっともなさがある。ヨーロッパではルネサンス、中国では北宋はじめのころ、椅子に坐ることが日常化してゆくが、日本では明治以前には絶えてそういうことはなかった。椅子に坐るのでもなく、アグラをかくのでもない「正坐」が、美学とモラルにかなっていたからである。

欧米文化の圧倒的な影響のもとに、日本古来の風習のいくつかはすたれ、あるいはすたれつつある。畳の上に正坐するというのもその一つだ。若い人は、窮屈で正坐に耐えられないという。だが、椅子でも足のおき場、足の姿勢というのは不安定なものである。欧米では足をいわば宙に放りだしておく「自由放任」をそのイデオロギーとしているが、これが姿勢の「文化」として「正しい」のかどうか、まだ人類は決着をつけてはいない。

しゃがむ　I

一つ大事な姿勢のことを言い忘れていた。しゃがむ姿勢である。

しゃがむというのは、どうにも恰好のとれない姿勢であるらしい。トイレの中は別として、少なくとも公衆の面前でしゃがむのは不体裁この上もない姿勢とされている。いわば文明によって禁圧されている姿勢、それがしゃがむ姿勢である。

私事にわたるが、困ったことに、ついしゃがみこんでしまう癖が私にはある。それでひどく叱責されたことが、二度ある。一度は、敗戦直後、泥酔して路地うらでしゃがみこんでいると、思いがけなく大男のＧＩが出現し、「立て」と大声でどなった。しゃがんでいる人間というのは、アメリカ人には我慢できぬものらしい、とその時、酔った頭で思った記憶がある。もう一度は、いつのことだか忘れたが、駅のプラットホームでしゃがんだことがある。暑くて、シンドクてついしゃがみこんだ。すると、同行の友人が顔色を変えて怒りだしたのである。私のほうがあっけにとられた。あっけにとられながら、しゃがむ姿勢をひどく不愉快に思うのは、アメリカ人にかぎらないのだな、と思った。しかし昔は、農夫にしろ職人にしろ道端でひょいとしゃがみこみ、おもむろに腰から煙管《きせる》をとりだしたりしたものである。その恰好は、それなりに極《きま》っていたし、だれもそれを不愉快ととがめだてする人はいなかった。ところが「高度文明社会」のこんにち、駅のホームで背広の「紳士」がひょいとしゃがみこみ、おもむろにパイプでもとりだしたりすると、とがめの目が周囲から集中するのである。

これはどうしたことか。つまり、もう少し限定すれば、どうしてしゃがむ姿勢は「文明」と相いれないのであるか、と開きなおった疑問を呈したくなる、ということなのだ。

雑誌『現代の眼』（昭和四十年六月号）に、随想特集「しゃがむ」というのがあり、漫画家の秋竜山、シナリオ・ライターの笠原和夫、下着デザイナーの鴨居羊子、詩人の大森忠行、画家の中村宏ら五氏が寄稿している。現代日本に生きているさまざまの職業人が「しゃがむ」ということで何を思いつくか、そのありさまに興味をひかれた。

画家の中村氏がエロチシズムという観点から女のしゃがみについてもっぱら述べているのを別にすれば、だいたい、この姿勢はやはり「恰好悪い」ものと考えられている。

大森氏ははっきりしている。「ぼくは〝しゃがむ〟という姿勢のイメージを好まない。〝歩く〟という行動とイメージにひかれている」と言う。そして、たとえば苛烈な人生を送った詩人ランボーからは「しゃがむ」という姿勢は感じとれないと、いささか唐突な発想をして、ランボーは「つっ立っているか、歩き回っているか、ぶっ倒れているかである」と述べている。

なるほど、しゃがんでいるランボーというのは、想像するだけでもこっけいだが、笠原和夫氏は「毛唐のしゃがんだ姿というのも見たことがない」と言う。ロダンの「考える人」は西洋流の「しゃがむ姿勢」といえなくもないが、しかしあれは、日本語の語感からすると「うずくまる姿勢」であろう。辞書には「うずくまる」も「しゃがむ」も同義とあるが、しかし、どこやらで微妙に語感が違っており、「しゃがむ」には、どことなく「下賤」の趣があるようだ。

だから「毛唐」はしゃがまない、ということになるのであろうが、しかし、立つでもすわるでもない「しゃがむ」姿勢には、うずくまりつつ、下から見上げるなにか不逞の感がある。非暴力的抵抗とでもいおうか。笠原氏は次のようなイメージを連想している。「……東南アジアの市場の物売りたちのポーズ、膝を八の字に開いてペタンと折り、尻を地べたにくっつく程落し、両手はダランと膝の上にのせて、悠久の眼差して通行人を見上げているあの姿勢だ」「悠久の眼差し」とはうまい表現だ。立って走る人は息切れする。正坐して虚空をにらむ人は窮屈だ。その点、しゃがみながら「悠久の眼差し」で通行人を見ている人には「無に立って遊ぶ」という感がないではない（ヨーロッパ人がアジア人、たとえばベトナム人を見ておどろくのは、彼らが好んで時間を「むだ」にしていること、時間を「むだ」にするすべを知っていることである）。

＊

文明は、人に立つか歩くか走るか、それともすわるか寝るか、を命じている。しゃがむというのは、寝るでもなく、立つでもなく、その中間にあって、京都弁でいうアシンドにあたる身体的表現であろう。一般に「アアシンド」はごく評判がわるい。すでに江戸の文人が京都の芸者は座敷にはいるなり「アアシンド」と言う、と憤慨していた。客の顔を見るなり「アアシンド」とは何事か、というわけだ。とすると、江戸時代から東京の人は「文明人」だったわけで、つまり文明生活の圧迫にたいし、アシンドといいつづける人間の性根が彼らには理解しにくいわけで、したがって、芸者の「アアシンド」にまで、いちいち腹が立ってくるわけだ。

「しゃがむ姿勢」に文明人が不快感をもち、腹を立てるのも、この「アアシンド」に対する反感とまったく同じであって、下から見上げる者のイロニックな抵抗に対し、本能的な不快感をもっているのである。「しゃがむ」ということばじたい、どことなく「下卑」てきこえるのも、そういうイデオロギーの投影にほかならない。

――などと開きなおって考える者も、あながち私一人ではないので、先の特集の中で鴨居羊子氏は次のように指摘しており、私はこれに同感を禁じえないのである。

「シャがむ――私はこの言葉に、理不尽な力に打ちまかされた者がみせる抗議の姿を見る。それは沈思から表現に移行するものであり、思いから行動に移ろうとする力を秘め、圧縮からバクハツに移行することが約束された姿だろう」

　日常の挨拶でよく言われるのは「お忙しいですか」という質問である。質問というよりお愛想であろうが、そう言われるたびに、私は往生してしまう。「お忙しいですか」というのは、「つっ立っているか、歩き回っているか、ぶっ倒れているか」といった姿勢のいわば挨拶的表現なのである。そもそも私は、つっ立っている姿勢にはなじめないので、したがって、「お忙しいですか」という言葉にも答えようがないのである。そういうとき、私は微笑をうかべ、そして心の中で、「忙しいとか忙しくないとかではなく、じつは私はシンドイのです」と答える。言う意味は明らかであろう。

「シンドイ」とはしゃがむ姿勢の挨拶的表現なのである。

私たち京都の仲間は、親しい連中と会うと先ず「シンドイですな」「うむ、シンドイ」などと挨拶するのである。

しゃがむ　II

　このところ私は、風貌姿勢の意味づけといったことを試みているわけだが、とても一筋なわではゆかぬということを痛感せずにいられない。「しゃがむ」という姿勢ひとつにしても、これをアメリカ人が解釈するのと、私たち日本人が解釈するのとではまるでちがう。同じ日本人にしても、「しゃがむ」ということでさまざまの連想にしたがってさまざまの解釈を下す。そのうえ、「しゃがむ」行為の背景——というか、前後関係によって、また意味がちがってくる。そういう複雑さがある。

　しかし、考えてみれば、そのように複雑多岐な解釈をゆるす姿勢というのは、それだけ、文化の中にしっかり根をすえている基本的な姿勢ではないか、とも思われる。

　今述べたように、「しゃがむ」ということばはいささか卑しめられたことばであり、多くの人はトイレの姿勢を連想するようだが、しかし、笠原和夫氏は小津監督の映画の一場面を連想してもいる。

「小津安二郎氏の名作のスチールを想起していただきたい。必ずしゃがんだ姿勢の美女が出てくる。喪服姿の原節子サンや司葉子サンが並んで斜め前に向かってほんのりと微笑しているアレ、あのしゃがみ方は美しい」

小津監督のカメラ・アイの低さについては前に触れた。しかし、笠原氏に指摘されるまで、私はこのしゃがんだ恰好というものを思いだせなかった。まことに不明であったが、言われてみるとなるほどその通りである。これは「喪服姿」でなければならぬし、「斜め前」に向かって「微笑」していなければいけないような気がする。どうしてそんな気がするのか。分析はむずかしい。戸外での静の姿勢は、こうでもしないと恰好がつかぬ気がする。また、ミニの女の子が正面をむいてしゃがみこみ、にっこり笑われては気味が悪かろう、という気もする。

つまり、和服姿の女性は、呆然と立ちつくすか、それとも嫣然《えんぜん》とシナをつくるか、でもなければ、「立つ」という姿勢はおさまりがつかないのである。立つという姿勢は「動」の姿勢である。「静」の基本はやはり「坐」にある。戸外での静は、だから「坐」にちかい「しゃがむ」姿勢以外にはない。

昔ふうに着物をきこなした女性が裾をきちんとそろえてしゃがむ。川端の柳の根元にうずくまり、男に向かって「もういいの、黙って行って」と言うかもしれぬ。野原でならあたりの野菊を無心に摘むかもしれぬ。そういうとき、昔ふうの男性は女の美しさ、可憐さを感じてしまう。この姿勢は、正面から男を見据えるのではない。斜めに向くか、くるりと後ろを見せるか、そういう姿勢である。相手の視線を避けて姿勢を低くする。これは弱き者の、弱い者なりの安定した姿勢である。

この姿勢を、弱い者の屈服の姿勢と受けとってはならない。これは、一筋なわではゆかぬ、したたかな姿勢でもある。

＊

話が柔道のことにとぶが、嘉納治五郎は「柔」の本義を、相手にさからわないことにあると言った。相手にさからわず、自分の身体をひき、相手の余力にまかせる。すると相手はバランスを失い、こちらはバランスを保っている。「この体勢においては相手も弱いものとなり（実際に実力を失うのではない。ただその姿勢がまずいので弱くなる）その力は本来単位一〇にかわり、その間はただの三の単位で示されるようなことになる。その機に自分のバランスを保って七の単位で示された自分の固有の力を維持するとすると、ここで自分は、一時的な優位を占め、相手の三に対し自分の半分の力ででも、すなわち、七の半分の三・五の力でも相手に勝つことができるのである」(『講道館柔道』)。自分を絶対的に強くするよりも、相手を弱めるような状況を作りだすことで、その場かぎりの相対的な強さを自分のものとするということであろう。

柳の根元にうずくまる女と、道場で戦う男とをむすびつけるのは、唐突のそしりを免れないが、しかし、心理と筋力の違いこそあれ、その「姿勢の哲学」はなんと似通っていることか。

まず、どちらの場合も、自分を弱者と規定する(あるいは思いこむ)ことである。そう規定することで、肝心のところで優位にたつ。つまり、弱者だからこそ弱者なりの安定をもとめ、その安定において、相手に立ちまさるのである。

実際、柳の根元にうずくまった女から「もういいの、黙って行って」などと言われれば(じつはこのシーンも、シナリオ・ライター笠原氏の描くところの借用であるが)、たいていの男は、黙って行けない気持になってしまう。相手の情にほだされる——ということは、こちらの心理的安定、バランスが、その瞬間、くずれてしまうのである。

会田雄次氏は『日本人の意識構造』という本の冒頭で、日本人のうずくまる姿勢の分析を試みている。アメリカ人は、危機に際して子供を守るのに「仁王立ち」になるのに対し、日本人は子供を抱き寄せ、抱きしめてうずくまる防衛姿勢をとる、という。この着眼は大へんおもしろい。「腰抜け一歩手前」というアメリカ人のうずくまる姿勢に対する評価には賛成しがたいが、それはともかく「姿勢」にたいする見方の多様性、国民による解釈の多様性におどろく。そして、日本の女が危機にのぞんで咄《とっ》嗟《さ》にうずくまるというのがおもしろい。人は危険にさらされたとき、その人のなじんだ基本的姿勢に立ち戻るものなのである。

敵に「背中」を向けて「うずくまる」。その「背中」はやはり大事な「腹」をかばうということもあろうが、私流にいえば「しゃがむ」ところに、民族の根ぶかい習慣をみとめずにいられない。言うまでもなく、これは相手にさからわず、相手の力を受けながす姿勢なのである。

話を元にもどせば、だから女がしゃがみこみ、「もういいの」などとしおらしく言うとき、男はもっとも警戒せねばならぬ、ということである。

なじむ

近ごろはすこしくずれてきただろうが、昔の京都、とりわけ水商売では一見《いちげん》さんおことわりという不文律はきびしかった。一見客は素姓がわからぬとか、信用ならぬという実際的知恵もそこに働いていただろうが、しかし、何よりも、なじまなければ確かな人間関係はむすべぬという考えがそこにはあった。

「なじむ」というのはふしぎな行為である。なじんでやろうという意志をもったところで、なじめぬ場合もある。本人の意志とか意欲とかではどうにもならぬ行為である。いや、行為ということばすら妥当ではない。おたがいなじみになりうる状況があって、双方がなんとなく合意したばあい「なじみ」という結果がでてくる。いい例が「幼なじみ」ということばである。これは、なじもうと思ってなじんだわけではない。たまたま、幼いとき家が近所だったとか、親戚づきあいしていたとかで「幼なじみ」になるのである。なじみというのは、何かをする「行為」ではなく、何かになる「状況」である。

なじみということばは一見の反対である。と同時に、自己主張の反対でもある。我を通すと、なじみという状況は生まれにくい。

それでは我を抑えるというのがなじみの必須条件なのか。どうもそうでもなさそうである。

なじむということばで連想するのは「肌になじむ」ということだ。なじむという状況は、場所としてはどこでおこるかというと、それはわれわれの「肌」においておこる。

肌があうとかあわぬとかいうのも、ほぼ同義である。私たちのつきあいで、この「肌」というのは決定的に大きな意味をもっているにもかかわらず、それでは、肌とは何か、と正面から問われると、いささか答えに窮するところがある。

「肌」ということがわからぬ以上、肌になじむ、ということもよくわからぬ——というわけで、私たちの哲学は迷宮にはいってしまう。

それではこまる。

＊

そこで——思い切って言ってしまえば、これは非明晰化、非分節化の思想なのである。視覚や聴覚は、スペクトルや音符によって、長い歴史の中で分節化されてきた。ドレミファというのは、もっともみごとな分節の例である。このようにして分節化されたものは、明晰に、この世界の中に位置づけられる。視覚的世界、聴覚的世界の中に位置づけられる。これは、個人と個人との関係、個人と社会との関係の明晰化に志してきた西洋社会の当然の歩みであり、帰結であった。

においや香りになると話は少しちがってくる。今だに、玉子のくさったようなにおいなどといって、比喩を使っている。このように分節化がむずかしいので、西洋人はこうした感覚を「低級」な感覚であるとしている。

お風呂に入る。ゆったりと湯につかっていると、毛穴がひらく思いがする。肌の解放、といっていいだろうか。これを私たちは日々の娯しみの尤《ゆう》たるものとしているが、こういう感じは西洋人には理解されないものである。彼らは風呂は医療衛生の一種と心得ている（十九世紀初めのパリでは、男はセーヌ河で水浴びするだけだし、女は医者の診断を受けたのち、お昼は抜き、心身をととのえて風呂に入ったという）。

以上のいささかめんどうな議論は、前に「触れる」の項でのべたことのくりかえしにすぎないが、日本人が肌ざわり、肌あい、肌になじむ等々の表現で「肌」に固執してきたのは、分節化、明晰化の方向とは逆のものを、一貫して志向してきたということにほかならない。

＊

「なじむ」ためには、双方の妥協がなければならぬ——というふうにいちおう思う。しかし、妥協というのは、これまた、分節化の文化の中での歩みよりなのである。つまり、双方の個がはっきり位置づけられて、その上で、両方が歩みよるところに妥協がなりたつ。

「なじむ」というのは、こうみてくると、妥協とか、折れあい、というものでもない。たまたま、双方が、なじみ現象のおこるくらい近距離にいて、そして双方が意志と感情のさざ波をたて、双方がそれを感知することで自分をわずかずつ変更してゆく。変更か変更でないか、わからぬくらいの微妙な変わりかた、あるいはうつりゆき——。これがなじむということの過程であろう。変化が目だってはいけない。双方が個の面貌をとっているときのみ、「変化」というものがありうるのだから。だから、なじみになれる人は、もともと肌があう人であるかのように、当事者も、第三者も思うのである。

「なじみ」の極限は「似たもの夫婦」である。もともと「破《わ》れなべにとじ蓋」的傾向があったにせよ、日本の夫婦は、長い歳月、なじみをかさねてゆくと、双方が、ふしぎに似てくる。挙止動作からしまいには顔立ちまで似てくる。

夫婦はいやでも二六時中顔をつきあわせていなければならない（別居結婚とか自由結婚の形態が定着しないかぎりこれは宿命である）。強制された「近接」のなかで、「なじみ」の極限がみられるのは興味ぶかい。いわば、なじむ恋、なじむ愛というべきか。

それにくらべ、一般に「なじみ客」とか「なじみを重ねる」という場合、双方の関係は不安定であり、相対的である。不安定で相対的なまま、適当ななれを相互にたしかめあう。これがなじむ状況である。

適当なへだたりの認識、これが逆に「なじみ」を保証するといえる。この認識をあやまると、ナレナレしすぎるという咎めをうけたり、ナレあいとそしられたりする。

情痴とか狂恋とかが、なじみの枠からはずれるのもこの原理に基づく。

なじみとは、個の認識の上に立つものではない。それは双方の適当なへだたりと、同時に適当な融合の認識の上に立つ。そのへだたりの間、つまり人と人との間に私たちの「神」が湧出する……。

七癖　I

無くて七癖、というから私にもそうとう癖があろうが、自分では気づかない。つい頬杖をつく、というくらいのことは気づくが、そのほかは無意識である。癖とはそういうものであろう。

癖は無意識の領域に属し、また、個人個人によって異なる。各人各種の癖がある。寝ころばないと本が読めないという人がいる。逆に、立って歩かないと物が考えられないという人もいる。ルソーなどは、やはりそうで、歩きまわっている時に限ってい い考えが浮かんだという。癖はたしかに個人のものだが、しかし、巨視的に見ると、集団ごと、とくに国民ごとに癖がある。「頭を掻く」というのは日本人の癖であって、フランス人には見かけたことがない。逆に、ごちそうを食べる前に「揉《も》み手」をするのはフランス人の癖で、日本人ではこれはふるい型の商人のお愛想でしかない。癖は個人的無意識、集団的無意識の双方にまたがっている。別の言いかたをすれば、個人的無意識としての癖と、集団的無意識としての癖と、この二つに分類できる。

＊

前に私は「頭を搔く」しぐさは、叩頭《こうとう》、頓首《とんしゅ》の簡略化であろう、叩頭の名ごりとしての集団的、国民的癖であろうと推論したことがある。集団的無意識としての癖の一つに、この「頭を搔く」仕草をかぞえることはまちがってはいまいと思う。ただ、問題はその起源である。名ごりである以上名ごりとなったその元の型があるはずである。私はそれを叩頭に求めたのだが、さきごろ柳田国男の『火の昔』を読んでいると、まったくこれと違う起源説に出会った。おもしろい説である。少々長いが次に引用する。

「私などが面白く思うのは、行燈《あんどん》の掃除をして手が汚れると、しまいには反古《ほご》紙で拭きますが、その前に手についた油を髪の毛に塗るのが、倹約な時代の女の子の常の仕草であったことです。女の子に限らず、男の子でも昔は髪を結っていたから、油をむだにせぬように、其手を頭へ持って行く習慣がついたのですが、種油が石油ランプの臭いのに変って後まで、ランプ掃除をした手を髪で拭こうとする癖だけは、暫らくは残って居りました。今でも日本の少年が何かというと頭を搔く仕草なども、油と関係は無くとも、やはり髪を結って居た時に始まったもので、男は今のように櫛を持ってあるいたりしませんから、痒《かゆ》いときには指を使って掻いたので、それが又一つの手持無沙汰の挙動ともなったのであります。昔の世の仕来《しきた》りは細かい所まで、この様に無意味な習慣となって残るものなのであります」

細部については、この説はややあいまいなものを残している。「頭を掻く」しぐさは、油と関係があるのかないのか。もし、直接ないなら、ヨーロッパ人も櫛などもっていないときには、「指を使って掻いた」はずである。なにも「日本の少年」に限ったことはなかろう。もし、油と関係があるなら、「女の子」のほうが「頭を掻く」しぐさを男よりもっととどめているはずである。行燈の掃除はもっぱら女の役目だったからである。しかし事実は逆で、「頭を掻く」しぐさは、もっぱら男の子のものである……。といった疑問はのこるとしても、「昔の世の仕来り」が「無意味な習慣となって残る」という指摘は、おもしろくもあるし、大事でもある。

いつかテレビを見ていて、マンザイのジェスチュアに心ひかれた。そのひとは、左の手にくぼみをつくり、右の手先がそこをついばんでは前へ蒔くしぐさを繰り返していたのである。マンザイは芸だから、まさか無意識の癖ということもあるまいが、彼のしぐさは「権兵衛が種まきゃ」という例のしぐさにそっくりだったのである。柳田国男ふうにいえば、これも「昔の仕来り」が「無意味な習慣となって残」った一例ではなかろうか。

このように、昔の仕来り、伝統が「無意味な習慣」となったのが癖である、ともいえる。ただし、無意味というのは、社会的用からいって無意味であるにすぎないので、当の個人にとっては、無意識的にせよ、そうとうの意味があるにちがいない。柳田国男は、前に引用した文章の終わりに、「昔の世の仕来りは細かい所まで、この様に無意味な習慣となって残るものなのであります。そういうことにこまごまと気を付けて見ることは女性にふさわしい歴史の学問であろうと私は思います」と言っている。

「女性にふさわしい」というのには異論はないが、「無意味な習慣」から「昔の仕来り」を推論する仕事は、文化史の一領域として、これから開拓しなければならぬ大きな事業であろうと思う。思いつきの推論ていどでは、はなはだ心もとないのである。そして、この学問とつながって、こんどは歴史の流れからいうと逆に、「無意味な習慣」がどうして個人にとって、あるいは国民にとって意味のある癖となってゆくのか、これは社会心理学の一領域として、これから興味をひいてゆく分野であろう。

七癖　II

私には人の癖を観察する癖があるようだ。しかし、そのことは、なるべく人にさとられたくない。こういう癖がありますね、などと注意することは余計なお節介だし、だいいち癖というものを悪いものだとは思っていない。しかし世間では、癖というのは直さねばならぬものと思いこんでいる人がかなりいる。菊池寛がむかし、帯をひきずって歩いているところを、人に注意された。彼にはそういう癖があったのだ。なるほど見っともよくない。だが、菊池寛はひどく腹をたてたという。余計なお節介だというわけだ。私は菊池寛に同感である。

いつだったか、「偉い人」に会ったとき、その人は私の名刺を手にとり、しげしげとながめ、さて話がはじまると、小一時間のあいだ、この名刺をいじり、もてあそび、折りまげ、押えつけした。私は、あたかも私自身が、いじられ、もてあそばれ、折りまげられ、押えつけられたかの感がした。人の名刺をもてあそぶ、というのは癖の中でよほど感じの悪い癖であろう。しかし考えてみれば、その人は、おそらく無意識でやっているのであり、そして、その無意識の中では、対人恐怖——とまで言わずとも、少なくとも、対人緊張からのがれたいという願望の働いていることは確かなのである。

＊

癖には、対人の癖と対自の癖とがあるようだ。人に向かったときに出す癖と、自分ひとりいるときの癖だ。後者は、自分のからだなり、自分の生き方にふさわしい一種の「なじみ」である。自分にたいする「なじみ」である。自分自身になじんではじめて、個性というものがでてくるのであろう。その点、対人の癖は他人というものになじめなくて、自分の方へ、いわば「あとずさり」するときに出てくる行為である。

子供のころ、私はよく目ばたきするといってしかられたが、これも、他人をじっと正視していられない気の弱さ、他人に対する「本能的」な恐れから来ていたものであろう。新聞記者など時間に追われる現代的な仕事をしている人には、時おり、「貧乏ゆすり」の癖を見うけるが、これは、時間と仕事に追われる「自分」のリズムを調節するためのはかないあがきとみられぬこともない。

こういうふうにみてくると、貧乏ゆすりにせよ、扇子パチパチにせよ、火ばちの灰いじりにせよ、人にみっともないといわれる癖は、いずれも、はかないあがきである。のんびりと暮らしていた人びとが、急に都市化社会にほうりこまれ、その不適応に苦しんでいる状況——およびその状況の身体的表現が「癖」というものなのである。

都市化——といえば、都市化にともなって他人と会うことがひんぱんになるのは当然としても、どうしてその都市では、喫茶店とかカフェとかいうものが流行するのであろうか。つまり、人と会うときに、どうして茶やコーヒーといった刺激物を喫するようになるのか。私はほかの興味で、パリのカフェや江戸の茶店の繁盛のあんばいを調べたことがあるが、いずれも十九世紀はじめには、おどろくべき数字でふえている。お茶やコーヒーを飲む癖は、明らかに都市化現象と関係がある。ついでにいえばたばこもそうで、安直な紙巻きたばこを人びとがのみだしたのも、パリでは十九世紀の初めごろからである。

お茶にしろたばこにしろ、他人としげく会っているとき、つい度を過ごしてしまうのは、われわれの日常の経験である。ということは、こういう刺激物でまぎらさないと、とても神経がもたないほど、他人と会うというのはシンドイことではないのか。ひとに会うのは、果たして人間の本性にかなったことであろうか、とまで疑いたくなる。

人と会ってたばこをプカプカやるのは、刺激物による緊張緩和であり、つい扇子をパチパチやってしまうのは「自己」への後退による緊張回避である。

＊

「自己」への後退と言ったが、男女差を考えて、もう少し正確さを求めるとこうなろうか。男は魂と社会としか持っていないが、女は魂と社会の間に身体を持っている、と言ったのはオルテガである。男はふだん自分の身体を意識していない。多くのばあい、邪魔もの扱いしている。いわば邪魔っけな身体をぶらさげて行動している。ところが、女はそうでない。女の魂は身体に浸されており、身体は魂に浸されている。女の魂は、たとえば身体の微細な感覚器官を通じてしか表現されないし、そもそもそれなしには存在しないのである。オルテガの説を私ふうに言いなおすとこういうことだが、そこからオルテガは次のように結論する。「結局男性のうちにつくり出される女性からのエロチックな引力は（中略）女性の身体そのものから起こされるのではないのだ。われわれはまさに女性の身体が魂であるからこそ女性を求めるのである」（『《人と人びと》について』マタイス・佐々木共訳）

男は緊張に直面したとき、ふだんは邪魔にしている身体に助けを求める。その身体は、無意識に、自分にもっともなじんだ行動をくりかえす。それが癖というものである。女性のばあい、身体はつねに魂に浸されており、そのしぐさには魂の統禦と洗練がゆきとどいている。だから、女性が癖に助けを求めるとき、多くは優美なしぐさとして表われるのである。男はふだんの心掛けがわるい。だから男の癖はたいてい見る者の眼に滑稽に映るのである。ふと気づくと、手を背中に突込んで無意識にぼりぼり搔いていたりなぞする。

手持ぶさた、とはうまく言ったものだ。手はしょっちゅう動かしていないと、わびしいものだ。人間は、拱手《きょうしゅ》して相手の顔とことばにのみ注意をそそぐといった様態には、まだ慣れていない。スピノザがレンズをみがきながら思索したとは有名な話だが、レンズにかぎらず、何かいじっていないと「手持ぶさた」なのである。しかし、文明はその「手持ぶさた」を市民に強要しているかに見える。人びとの癖を、ともかく「悪い癖」だとして禁圧する傾向はどの文明国にもみられる傾向である。

たとえば、フランス人はごちそうをよばれるときもみ手をするが、これは品のない癖として斥《しりぞ》けられている。私には、どうしてそういう場合もみ手をするのか、理解できないが、同時に、どうして悪い癖として禁圧しなければならぬのか、これも合点がゆかぬのである。とはいうものの、ちょっと話がそれるが、いつだったかフランスの「一流文化人」が、さてこれから晩餐というときに、にこにこ顔でもみ手しはじめたのには、おどろいた。やはり、伝統は消えず、「癖」は消えず、である。

文明というものは、隠された強力な意志をもっている。現代の文明は、人間の手や表情を「ぶさた」にしておき、目、つまり観察のみを鋭くさせる、そのような方向性をもっている。

総じて癖を悪いものとする傾向は、文明の意志の一つの現われと思われるが、こうして、お互いがお互いにお節介をやき、その結果「癖のない」社会ができあがれば、かなり味気ないこととなろう。「癖ある馬に能あり」ということわざなど、いったいどうなるのであろう。

癖は、これを社会の方の圧力で禁圧すべきだとは思えない。癖に魂を浸透させることこそ必要なのではないか。男である私が女性というものにあこがれるのは、この点にもかかっている。

腕・手・指

流行歌の歌詞を分析する試みは、かなり以前から行なわれている。そして「涙」とか「別れ」といったキー・シンボル（中心になることば）が、いかにひんぱんに、また、いかに大事な意味をもって使われているか、といったことが説かれてきた。ここでは、そのひそみに倣《なら》いながら、しかし今まであまり注目されてこなかった流行歌に出てくるしぐさ、とりわけ腕・手・指のイメージを追ってみたい。ただし、歌詞というのはたいてい暗示的であって、たとえばしぐさならしぐさをこまかく描写するというのは、めったにない。だから、「手」や「指」が何を語っているのか、語りかけようとしているのか、そういった意味づけは全体との関連、他のことばとの前後関係から推察するほかはない。その判断がいささか主観に傾くのは避けがたい。

「手」はまず第一に、つなぐものである。「手をつなぐ」よりも、もう少し、連帯感、意思感のつよい表現として「腕をくむ」というのがある。

「皆ががっちりと腕をくんだら　平和を守る　ぼくらの仲間だ」（「ぼくらの歌」）

る。

これは流行歌ではないが、連帯の象徴としての「腕をくむ」イメージはよく出てい
る。

ちょうど「ぼくらの歌」が現われた同じ昭和二十九年には、「腕をやさしく組み合って　二人っきりで　サ帰ろう」(「月がとっても青いから」詞・清水みのる、歌・菅原都々子）というのが出てくる。この流れは、四十四年の「それはどこまでも続くの愛の線路づたいに　手をとりあいながら」(「青空のゆくえ」詞・安井かずみ、歌・伊東ゆかり）につながっている。ここでは手は、若い恋人たち、つながり、連帯、前途の希望……の象徴である。印象はあかるい。

「空　あなたとあおぐ　道　あなたと歩く」(「世界は二人のために」詞・山上路夫、歌・佐良直美）では、手ということばは出てこないが、この二人は、手をつないで歩いているはずだ。

けっきょく手というイメージは「手をつないで歩く」というイメージにつながり、これは、若さ、希望、喜びといった感情を表現している。「手をつなぐ」とは、戦後新しく出てきた男女関係のありかたと密接につながっている。

しかし、次のことに注目すべきだろう。すなわち、「手をつなぐ」という関係は、もっとこまやかな感情表現にまではいりこめない。「腕を組む」にいたっては、こ

まやかな感情表現といった点では、論外である。失格である。そしてこの領域を受けもつのは「指」なのである。こまやかな感情表現については、指－手－腕というヒエラルキー（位階秩序）が成立するようである。

「だから分ってほしいのと　そっとからんだ　白い指」（「年上の女」詞・中山貴美、補作・水沢ひろし、歌・森進一）。そっとからむ「白い指」は「年上の女」の心のうごき、おそらく甘えとやるせなさのまじった女心を表わしている。指とりわけ女の指のうごきは、手や腕よりも細かい。ということは、指をそっと動かす女の心の、こまやかな感動を示しているのである。と同時に、その指をみつめている相手（男）もまた、手よりももっとこまかなところを見ているということである。

腕よりは手のほうが、手よりは指のほうが、よりこまやかな、より深い感情のありかたを示している。私たちの文化においては、「こまやかな」ということがとりもなおさず「深い」感情につながってゆく。荒っぽいうごき、したがって荒っぽい感情は、浅い感情にすぎないのである。

手は、喜び、希望などを表わしたが指のほうはこれとは逆に思慕、悔恨、せつなさなどの感情の象徴である。総じて暗いかげりのあるイメージだ。「悲しい別れを　ふたりで泣いた　ああ白い小指の　つめたさがこの　手の中に　いまでも残る」（「小樽のひとよ」詞・池田充男、歌・鶴岡雅義と東京ロマンチカ）。ここでは、「指」は思慕の対象になっている。指がつめたいというのは、恋人ふたりが結ばれることがなかったということを暗示し、同時に、小樽という北のイメージを喚起している。

「そのとき私は　あなたの指が　小さくふるえるのを見たの」（「愛は傷つきやすく」詞・橋本淳、歌・ヒデとロザンナ）。ここでもやはり指は思慕の対象であり、思い出の中の指である。

また、指が関連イメージとしてしばしば唇を伴うのも注目される。たとえば、最近では、「私の唇に　人さし指で　くちづけして　あきらめた人」（「天使の誘惑」詞・なかにし礼、歌・黛ジュン）

この女の子は、甘い悔恨と、自分の子供っぽさを誇りたい気持と、ほんのちょっぴりのすまなさを、指と唇のしぐさの思い出のうちに味わっている。これなど、「指」のもつこまやかな感情と、唇という愛の対象とがむすびついた一例といえよう。指だからこそ、そっと口づけするまねが、甘い感傷を表現しえたのであって、手や腕ではやはりこうはゆくまい。

指切り

指切りというものがある。「いつかまた逢う　指切りで　笑いながら別れたが」（「悲しき口笛」詞・藤浦洸、歌・美空ひばり、昭和二十四年）

指切りは、人と人とをつなぐものではあるが、そこで結ばれる「約束」はしばしば裏切られる。指切りは約束であって約束ではない。これは他国民にはなかなか理解されない日本人のふしぎなしぐさである。指切りゲンマンは子供のあそびである。あそびであるかぎり、不確かではかないものである。「手をつなぐ」とか、「腕を組む」とかいったものとはまるでちがう。しかし、約束としてははかなく、不確かであればあるほど主情的には、切ない想いがこめられる。

私たち日本人には契約の観念がない、と一般に言われる。その通りであろう。私たちをとらえるのは、契約の観念ではなく、はかない約束に心情をそそぐ、その私たちの姿勢なのである。したがって、この約束には、ふしぎなことに、裏切りさえ、前提とされている。裏切られない約束というものはこの世にないのであり、そのはかなさを忍ぶところに、「祈るこころのいじらしさ」がある。

子供のあそびになる以前、もともと指切りとは色町の誓いの極限であった。愛をたしかめる観念をもたない私たちが、誓いの物証として考えたのが指切りである。「指をきりて男に報ずるは、傾城《けいせい》の心中の奥儀とす。（中略）指切のみ、真実におもい入たる者ならでは、先なりがたし。（中略）爪は日を経てのぶる、髪は月を経てのぶる、誓紙は人これを見ず、刺《いれずみ》、不会《ふかい》となれば、是を解してかたちなし。指ばかりこそ、生涯のうちかたわとなりて、昔にかえらざれば、よくよく工夫をめぐらすべき事也」（藤本箕山『色道大鏡』）。愛する者が、愛の誓いとして自分の肉体を責め、その責められた異形の肉体は、不変の愛の象徴として不変でなければならない。そういう肉体の一部として指が、とりわけ小指がえらばれる。そこには誓いの心情の切なさ、それをあかすすべのないもどかしさ、そしてついにこの誓いさえ破れるのではないかというはかなさが含意されている。あそびとしての指きりゲンマンの背後にはこのような心持ちがひそんでいる。

指切りしたからいじらしい気持になるのではない。いじらしい気持を、ひとり切ながっているから、指切りするのである。歌にあらわれる指切りは、いつまでも共にいたいという思慕の気持の反映である。これが「握手」や「腕を組む」では、とてもこうはゆくまい。指は、やはり、こまやかな、もろい、不確かな、しかしそれだけに切ない感情と結びついている。

＊

「指」について、思いつくまま、さまざまの歌詞を並べてきたが、ここで一つのことに気づく。それは、思慕の中にその対象として現われてくる「指」とは別に、心の動きの反映としての「指」の動きがあるということだ。前に引用した文句、「そのとき私は　あなたの指が　小さくふるえるのを見たの」（「愛は傷つきやすく」）の「指」は、相手の心のこまかくふるえるその状態を描いている。今のべた「指切り」も、これと同じ分類の中にはいるだろう。

「呼んでとどかぬ人の名を　こぼれた酒と指で書く」（「港町ブルース」詞・深津武志、なかにし礼補作、歌・森進一、四十四年）。この「指」は何だろう。思慕にふるえる心の反映であるが、同時に、感情表現の手段ともなっている。女はおそらく悔恨の念にさいなまれながら、うつろに、いたずらに指をうごかしているのであるが、この場合、指のうごきは、無意識と意識との中間にある、複雑な心のうごきを反映し、伝え、表現している。ここでの「指」は、泣いたりすること以上の感情表現の機能を果たし、同時に、おそらく恋人の名か何かを、機械的に書きつづけているはずである。

「指で字を書く」といった伝統的な陰翳にとんだ歌詞にくらべると、近ごろの歌はかなり変わってきたと思わずにいられない。たとえば「あなたがかんだ　小指がいたいきのうの夜の　小指がいたい」(「小指の思い出」詞・有馬三恵子、歌・伊東ゆかり、四十二年)。ここでの小指は、もちろん思慕の対象ではない。自分の、ほんとうの小指である。小指というところに、女であるかわいい自分を象徴させ、それを相手が愛してくれたという誇りと喜びの気持が、ここにはこめられているようである。

「いつかまた逢う　指切りで」といった歌詞は、関係のはかなく失われたことの悔恨を表わしていたが、「あなたがかんだ小指」のほうは、むしろ逆に関係が成立したことの証しなのである。したがって、「あなたがかんだ　小指がもえる」ということになり、さらには「あなたがかんだ　小指が好きよ」とまで進む。ここで注目したいのは一種の自己愛である。ナルシシズムである。かつての「指」は、そっと思う人の名を書く「忍ぶ恋」の象徴であった。自分を殺し、抑えつけるところに成り立つ情緒であった。ところが、「小指が好きよ」となると、これはもうはっきりした自己愛であり、いささか羞恥の情がこもっているとはいえ、自己主張とさえ思えるのである。なるほど、この小指の持ち主は恋人のことを「しのんで」はいるが、伝統的な意味での「忍ぶ」「偲ぶ」とはあきらかに異なっている。ここでは「関係」は現実に成立しているのであり、おそらくは明日も会える人を、「偲ん」でいるにすぎない。「偲ぶ」とはもともとは、もはや会えない人を思うこと、そういう現実の関係（正確には関係の欠如）を耐え忍ぶことであったはずである。「小指がいたい」式の流行歌を聞くと、年配者は、何とも白けた気分になるものであるが、それは、恋とは「関係の欠如」であると彼らが考えており、また、「小指が好きよ」式の自己愛を女が表明する、そのような文化になじんでいないからである。

一般的にいって、「手」「腕」は素朴で健康なフィーリングを、「指」のほうは退廃の中の忍従の情緒を表わしていたといえよう。しかし、「小指の思い出」や、ピーターの「夜と朝の間に」（四十四年）のあたりから「指」の特殊な情緒は失われてきたようである。身体の一部分を何かの象徴とするシンボリズムが失われてきたのか、それとも何か未知の価値が、指なら指をめぐって生まれつつあるのか。たしかなことは、指切りゲンマンの遊びがやや下火に向っていることであり、はかない約束と約束のはかなさを相互の指の「つながり」によってたしかめるという文化が衰えつつあることである。

すり足 I

「腕・手・指」が流行歌にどう現われてきたか。それを見終わると、自然と連想は「足」に行く。しかし、ふしぎと足が歌にうたわれることがない。その「ない」ということ、足が歌から消えていることが、かえって私の興味をひく。どうしてだろうか。ある小説家は、道徳的にどうも怪しからんと思いながらも、女性の纏足《てんそく》に心ひかれる、と告白したことがあった。纏足とまでゆかずとも、女性の足首の美しさに見惚れるといったことは、珍しいことではあるまい。

近ごろは、女性のスカートが短くなって、足首どころか、脚までが意識の対象となりつつある。でもやはり「じっと見つめる君の足」などという文句が、かりに出てきたとしてもすこしも美的とは感じられまい。それはどうしてなのか。

話が少し飛ぶが、フランス十九世紀の世相を少し調べたことがあって、そのとき、トゥーピユーズという大道芸に目がとまった。タンプル通りというのは、日本でいえば浅草奥山のようなにぎわいのあったところだが、そこで、さまざまの見世物があり、その中に、スペイン女によるトゥーピユーズ（独楽回り女《こま》）が人気をあつめていた、とある。今のフランスでは、まさか、こんな素朴な芸はあるまいが、当時は女が独楽のようにキリキリ舞うだけで、けっこうお客の興味をひいていたのであろう。バレエでもなんでも、キリキリ独楽のようにからだを回転させるという型はヨーロッパではごくありふれたものだが、その原型には、「独楽回り女」のような大道芸、あるいは土俗芸能があったのだと想像される。この「独楽回り」だが、これがふしぎなことに、ヨーロッパはおろか、ロシア、朝鮮など各地方に見られるのに、玄界灘からこちらにはいった形跡がない、という。手先でまわす独楽の曲芸は、江戸時代から庶民になじみの芸であるが、女性が自分のからだをキリキリ回転させ天に舞いあがるといった身振りは、私の知るかぎりでは、ほとんど見られない。反動を利用し、遠心力によって舞うという足の利用は、わが国では一種のタブーになっていたのか。騎馬民族と農耕民族といった生産形態の単純な反映論では解けそうもない足の謎が、ここにはあるようだ。これが「足」にまつわる私の第二の疑問、ないし問題提起である。第三の疑問、ないし問題提起は、私のものではない。これは武智鉄二氏のものである。氏は次のように言う。「能が、なぜ、〝すり足〟を歩行の様式の基本形として採用するようになったかは、私にとって長いあいだの解きがたい謎であった。〝すり足〟の歩様は、よく知られているとおり、板から足をはなすことなく、摺るようにして進むのである」(『伝統と断絶』)。また、次のように問題をひろげる。「伝統演劇が〝すり足〟を基本形として採用しているのは、能に限ったことではない。狂言でも、舞でも、また歌舞伎でも、日本の伝統的な演劇では、〝すり足〟が表現の大きな部分を占めている。いや、〝すり足〟は、相撲のような、国技と称される競技においても、行動の基本形として、採用されている。〝出足〟がそれである。演劇と相撲とをひっくるめて、〝すり足〟を合理化する要件とは、いったい何なのであろうか。私の長い演劇研究の生涯のなかで、これはもっとも解きがたい謎の部分であった」(同書)。長い演劇研究歴をもつ武智氏にとって「謎」であるものが、一介の素人に解けようとは思えない。しかし、あまりにもおもしろい問題提起であると思われるので、長文にわたって引用させてもらった。

第一、なぜ、日本の流行歌に足がシンボルとして現われないのか。第二、なぜ、日本には「キリキリ舞い」が伝わらなかったのか(キリキリ舞いという慣用語法じたいが、キリキリ舞いに対する疎遠感、軽侮感をあらわしているのがすでにおもしろい)。第三、伝統演劇においてなぜ「すり足」が歩行の基本として採用されているのか。

だ　この三つの問いは、それぞれ湧きおこってくる分野も発想も異にしているようだが、じつは一つの焦点、「日本の足」に向かっている。これはまだ、ほとんど開拓されていない問題領域である。第三にあげた発想、武智氏の問題提起からみてゆこう。「すり足」は武智氏のいうとおり、「ただちにそれが生産的であるとは信じがたい」し、「足をあげて歩む日常的な身体行動にくらべて、活動的であるとはいいがたい」のだ。にもかかわらず、芸能の基本形の一つとしてとどまっているのはなぜか。「生産的」「活動的」——これは一つの説明原理である。武智氏は、同じ本の中で「ナンバ」の説明にこの原理を用い、みごとに成功していると私は思う。「ナンバ」というのは、右足が前に出るときには右手が前に出る。正確にいえば右半身が前に出るという姿勢である。明治以前まで、ほとんどの日本人はこの「ナンバ」の動きで歩いていた。西洋人のように足をあげて前へ出し、その反動で進むということはない。日本人はいわば爪先で土を蹴って進んでゆく。武智氏は、この「ナンバ」を「農耕生産における半身の姿勢」(たとえばクワをふりあげた形)から説明した。基本的生産の姿勢がそのまま歩行のありかたに移しかえられた、というのである。

これはよい。ところで、肝心の「すり足」はどういう生産、どういう活動と結びついているのであろうか。

すり足 II

恥を話すようだが、私も小学生のころ、右足を前に出すと同時に右手をふりあげ、先生に大いにしかられた思い出がある。これが今思えば「ナンバ」の姿勢であった。近い先祖の系譜をたどってもべつに農民の流れはなさそうなのに、「ナンバ」の姿勢のしみこんでいるところがおもしろい。いわば国民的伝統ともいうべきものが私の中にも伝わっているのであろう。

右半身になって、爪先で土を蹴り足裏をかえして前に進む。これが日本人の標準的、伝統的歩きかたである。武智氏は俳優（木村功）が足の裏を見せて歩み去る、そんなテレビのラストシーンに注目している。西洋人だと靴が水平に前に出るところを、われわれは足裏をひらひらさせて前に進む（日本人の歩きかたが下手だ、ぶざまだとよく言われるのは、この歩きかたを指している。これがぶざまだというのは、西洋人の歩きかたを美と見たてて、そこからしてみっともないということである）。爪先で蹴り、足裏をかえして進む。だから、日本人のはき物は、草履でも下駄でも「あとがけ」がないのだと武智氏は言う。この指摘はおもしろいし、また、こうした「ナンバ」の姿勢が、けっきょく農耕生産の姿勢にむすびついているという指摘も卓見である（ナンバということばは、採鉱のための滑車をナンバと呼んだので、半身になって滑車の綱をひく身ぶりもナンバと呼ばれるようになったのだという）。「ナンバ」の姿勢は遠心力を利用しないというところに一つの特徴がある。走る、飛ぶということは眼中にないわけだ。

だから――はじめの疑問にかえるわけだが、爪先に重心をかけ、遠心力を利用してキリキリ舞う独楽まわりが、わが国に伝わらなかった理由の一半は、これでわかる。これは生産の姿勢に合わなかったのだ。

しかし、それでは、伝統演劇において、なぜ「すり足」が基本として採用されたのか。第二の疑問点である。すり足は、もちろん足の裏をひるがえすということの反対であり、どのような生産労働とも結びついていないように思われる。

＊

ここでひとつ、基本的な問題にふれるわけだが、人間の行動様式（しぐさもふくめて）は、労働の観点からのみ、説明しつくされるものではない。労働と同時に――というか、労働と並んで宗教と遊びの観点からみてゆく必要があるということである。宗教労働の基本的姿勢、それの日常化、これがわが国では「ナンバ」の姿勢である。宗教の基本的姿勢、それの日常化、これがじつは「すり足」ではないか、というのが私の仮説なのである。

今ではごく一部の地方、そして民俗学者の間でしか知られなくなったが「反閇《へんばい》」という身振りがある。時代映画などでみる供の奴が、道中、力足を踏んでおどる。あれも反閇の一種と考えてよかろう。もともと、反閇は、将軍、大名などが居所をはなれるとき行なう儀式であった。のちには、主人がお出ましになるとき、家来が掛け声をかけ、力足を踏む。これを反閇というようになった。尊い人がお通りになるのだから、悪いものは逃げよ、という身振りである。

中国の書物に「反閇」ということばが相当でてくるが、折口信夫によれば「日本にも昔から、シナの影響を受けない以前から、力足を踏んで悪いものを踏み鎮めると同時に、そこから先家には這入れないという方法があったらしい」(『日本芸能史六講』)

左右左と力足を踏む。こうして悪い霊魂が頭をあげることができないようにする。これが古代の信仰であり、それの今に伝わるのが、相撲の四股《しこ》をふむという、あの四股である。「踊り」というのも、もともと無意識の跳躍運動のことであったが、日本では跳ねるというところに力点はなく、むしろ大地を踏みとどろかす、というところに眼目がある。悪い霊を抑えると同時に、大地にこもっている魂を呼びさますのである。日本の踊りは、何よりもまず、鎮魂儀礼である。

このように跳躍でさえ、力足を踏むという「反閇」に眼目があるとすれば、まして「すり足」は、けっきょく力足を踏むための準備動作にすぎなかったのではないか、と思われる。

「日本の芸能をよく観察しますならば何処かで足拍子を踏もうとしていた昔の約束の伝承されているのが窺《うかが》える筈《はず》であります。舞台へ出るということがつまり力足を踏むという目的をもっていたのです」（折口信夫、同上書）

力足を踏む、というのが目的なら、足を摺って歩くというのは、力足を際立たせるための準備であり、技巧である。私のことばでいえば爆発のための抑制である。歌舞伎役者の良しあしも、舞台で両足の指をそらしているかどうかで鑑定するという話があるが、指をそらすというのは、力足にうつるその瞬間の緊張の姿勢であろう。足裏をひらひら見せていては、うまく力足がふめまい。

すり足は前進のエネルギーを生む姿勢ではない。鎮魂の「反閇」のための姿勢である。そして、この準備段階のみが、きわだって、美化され、様式化され、日常化さえされ、芸能や作法の基本形となったのである。

「力足」そのものは「地団太を踏む」といった具合いに日常化されることはあっても、なかなかに美化されず、かえってその準備としての「すり足」、そしてそっと見える足袋の白さ、といったものに、われわれは美となまめかしさを見出したのであった。

ひと口に舞踏というけれど、もともと舞いと踊りとはちがったものである。舞いの方は神がかりにいたるための儀礼であった。踊りの方は爆発的な乱舞である（だから盆踊りとはいっても、盆舞いとはいわない）。舞いは踊りにいたるための準備であり、そこにも「すり足」の意味があった。

すり足 Ⅲ

以前、ブルターニュのいなか町を旅行していて、おどろいたことがある。レストランのかわいい女の子が、右足を高々とあげ、ドアをポンとけりあげるのである。お盆をもったまま、キチンとテーブルの間を行き来しなければならぬのだから、まったく合理的といえば合理的だが、私の日本的感覚からいうと、足でドアをけとばすというのは驚天動地の出来事であった。ヨーロッパでも、さすがに大都会では、そういう光景はみられなかったが、地方ではどうなってるのか。今度ヨーロッパへ行ったら、もっぱら給仕女の「足」に注目してこようなどと考えている。

それはさておき、概していえばヨーロッパ人の足は、全身の一部である。全身の反動をつけるために、足を使っている。私たちの身体の文化は、腰を区切りにして、上半身と下半身は別々のものである。歩くにしても、足のはこびと上体とは無関係のばあいが多い。少なくとも「礼」の世界ではそうである。足を活発にうごかし反動をつけるというのは、忌むべきことなのである。サザエさんの漫画で、足でヒョイとフスマをあけ、人に見られて赤面するという一こまがあったが、足で用を足すというのはむかしはとんでもないことであった。なるたけ反動のつかぬよう、――ということは、上半身に足の動きの伝わらぬように「すり足」で歩く。これが歩きかたの礼である。

どうしてこういう礼儀作法ができたのか。私の推論では、礼は聖の延長であり、このばあい、すり足という礼は、反閇という聖から由来している。平たくいえば、トンと足を踏むため、ふだんはそろりそろりとすり足で歩むということになり、したがって、すり足が作法の常態となったと考えられる。

*

しかし、もう一つ、別の考え方もありうる。上半身を平静に保つよう、すり足を使うという考え方である。たとえば、戸井田道三氏は次のように述べている。「能において演者はつねに自分の上体を正座したときのような状態にたもっている。腰を入れると称して尻を後方にひき、歩くにも足のはこびと上体とは無関係に保持されている。これはよくいわれる腹がすわっているなどということと生理的に関連があるにちがいない。それを証拠だてるようにウタイの声は腹から出て来るといわれている。女にふんしても男にふんしても、その発声法はすこしも変化せず、よろこんでもかなしんでも変化しない。精神的動揺も上体の平静にすこしも影響をもたらさないのと同じである」（『能芸論』）

戸井田氏は直接「すり足」のことを言っているのではないが、足のはこびが上体に影響を与えぬよう、といえば当然「すり足」にならざるをえないだろう。上体の平静ということが眼目で「すり足」になったのか、それとも「すり足」が先で上体の平静ができてきたのか。これは、ニワトリとタマゴの関係のようなものと思う人もあるだろうが、しかし、礼のもとには聖があるという考えからゆけば、やはり、上体の平静もすり足も、ともに聖なる「反閇」に行きつかざるをえないのである。

古事記にみられるアメノウズメノミコトの宇気《うけ》をふみとどろかす神がかりは、太陽の活力を振動させることであり、他面邪悪なるタマを鎮圧する反閇であった（上田正昭氏『神楽の命脈』）。ということは、ヘタに大地を踏めばそこに眠っている魂を呼びさますことになろうし、ヨーロッパ辺地の民のように、無邪気にドンドンと足を踏みならすわけにはゆかぬ、ということでもある。そこから「すり足」が礼の常態として出てくるであろうし、また反閇の芸能化である、たとえば六法をきわだたせるためにも、「すり足」の効能というものがあったのだと思われる。

「ナンバ」にせよ「反閇」にせよ「すり足」にせよ、いずれも人の意識は地面に向かっている。大地を耕し、大地をとどろかし、大地を愛撫する。ところが、西洋では、ダンスとは大地から自己を解きはなち天上へと跳躍する意識と肉体の動きの表現なのである。日本では、神は天上から舞いおり、この大地をめでて、しばしの間、小天地を徘徊し、人と共に遊ぶのである。能舞台に描かれた松は、そこをよりしろにして神の降臨したことを暗示している。人は、おそらく神が降りたであろう茣蓙《ござ》一畳の上で、舞い出すのである。ここから、日本人の「限定されたもの」「小なるもの」への愛好も出てくるし、地上的なるものへの執着も出てくるし、逆に、西洋風の天上への旋回上昇運動を忌み嫌う気持も出てくる。何畳かの狭い畳の上をすり足で歩く、その身体のさばきぶりを見るとき、日本的「聖なるもの」の美的表現をそこに見ないわけにはゆかない。

聖なるものの日常化、芸能化のうえに礼としての「すり足」が定着したのであろうというのが、けっきょく、私の言い分なのであるが、「聖‐俗‐遊」というホイジンガ、およびカイヨワの三分法（『ホモ・ルーデンス』『遊びと人間』）を使うなら、日本人は聖なる足づかいとしては「反閇」と「すり足」をもち、俗なる足づかいとしては伝統的に「ナンバ」をもち、——ところでさて、遊なる足づかいとしては何をもっているのか。

もしホイジンガふうに聖と遊とをかさねて考えるなら、相撲の「出足」や芸能の「すり足」は聖なるものの延長であり、そのかぎり、聖と遊とはかさなっている。

しかし、俗なる世界に大きな変革がおこり、ナンバの足ではスポーツはおろか戦もできぬとさとって西洋風の前進法を学んでからは、遊なる世界での足づかいも、また、まったく西洋風に馴致《じゅんち》され、たとえば、ボーリングをする女性の足に色気を感じるという現代男性がこのようにふえてきては、今日の遊は、かつての聖とは、まったく切れたものとして現われつつある。高見順の小説『いやな感じ』の一場面に、鏡台の前にペタンと横ずわりした女の足指が、蛤の足のようにみえたというくだりがあり、これなど、昔ふうの色気なのであろうが、こういう感覚の原則は、「すり足」「正坐」のくずれとして理解できるが、ボーリングの足の色気は、伝統の系列とはちがったものである。

私たち日本人は、ちがった系列の「足どり」を、時と場合に応じて使いわけ、未来に向かって進みつつある民族である。私たちの足の美意識は今、戸惑いの中にある。流行歌に足のシンボルのあらわれていないこと、すなわち「足」の欠如は、この戸惑いの積極的表現とうけとれないか。

あてぶり

親指と人さし指で丸をつくる。もちろん「お金」の意味である。ちょっと小指をたてる。もちろん「女」の意味である。指先を使ってのこうしたシンボリズムは、いつごろ、どこで、どうして発達したものか。私の長いあいだの疑問の一つであった。じつは、この文章を書きはじめたときも、まあ、一年くらい、じっくり調べて考えてみれば、この問題もわかるだろう。そういう楽しみもあっていい、くらいに思っていた。白状しておくと、いまだにしっかりした文献に行きあたらず、納得のゆくように説明もできない。

*

もっとも、それで済ませてしまうのも業腹《ごうはら》である。そこで、指のシンボリズムをあれこれ考えているうちに、次のような分類に思いいたった。「身振り」の分類法である。

まずはじめは、残滓《ざんし》型ともいうべき身振りである。生産とか実利とか何かの行動にむすびついた行動の型が、生産の様式が変わったのちも、残滓として残るばあいである。たとえば、前にふれた「頭を掻く」といった身振りがそうである。油がもったいないというので残った油を頭にすりつける、という効用がはじめはあったにせよ、今はただ癖として、頭を掻くという身振りがのこっている。残滓型といってもいいし、くだいて癖型といってもいい。研究が進めば、多くの「癖」の発生的根拠が明らかになってゆくだろう。

もっとも、生産とか実利とかいっても、間接的なものもある。つまり、呪術的、宗教的な意味あいのもので、今日の目からみればいささかも実利的とは思えないが、太古の人は大まじめで実利を信じていた、そのような行動や身振りがある。前に言った「反閇」など、その典型であろう。

まあ、そういう小さな差異はあるにせよ、生産や実利のなごりとして残る身振りは、根強く残るし、また、全国にわたって分布される。残滓型、癖型の身振りは、伝統型の身振りと言いかえてもよかろう。これは、身振りしている本人も、多くは無意識でやっているし、うかつな外国人の目からはのがれる種類のものである。「日本のしぐさ」「日本人の身振り」というとき、いちばん大事なのは、おそらくこの種類のものである。

ところで、指を丸めてお金をあらわす、ああいうしぐさは、どう考えても生産的行動の残滓ではない。無意識にしみついた癖でもない。かなり意識的な、そして暗号通信的な身振り、しぐさである。いわば具象型の身振りといえようか。つまり、お金を表わすのに、じっさいのお金のかたちをしてみせる。いい女、ということを言いたいときには、五本の指を人間に「見たて」て、その中でいちばんかわいい指を選んで示すのである。

生産とも呪術とも関係のない、これは具象の身振りであるといえよう。

日本の舞踊には、「あてぶり」というものがあり、ごく下品なものとされている。下品とされていながら、なかなかあとを絶たないふしぎな癖である。たとえば富士というときに両手で山の形をつくってみせる。鳥を示すためには両腕をばたばたさせる。そのたぐいである。なぜこれが下品とされるのか。おそらく、踊りの純粋性をそこなうからであろう。身体のうごきは、それ自体が美しくなければならず、ほかのものを意味する道具となってはならないからである。ヨーロッパでも純粋詩とか純粋音楽などというばあい、これと違ったことを言っているのではない。

思いだしたが、こんな話がある。或る市で百万円の絵を買うことになった。議会でもめた。どうしてこんなわけの分らない絵を百万円も出して買うのか。この絵の意味は何なのか。そんなことを質問する議員がいた。ちょっと頭のいい理事者はこう答えた。「ではおたずねするが、あなたの締めているネクタイの柄の意味は何ですか」――いつの時代、どのジャンルでも、大衆が登場するときは意味づけを求めることが盛んになる（こんにち「解説」がこれだけ盛んなのは、それだけ多くの大衆が登場してきたということだ）。一方、大衆とは切れて、或るジャンルの純粋性を主張する知識人、芸術家があらわれてくる。彼らは意味のあるものは「下品」だと言う。

しかし、まあ、ここは芸術の「純粋」について論ずる場ではないのでおくとして、ともかく、そのように見下げられている「あてぶり」が名曲といわれるものの中にさえ、あとを絶たないのはなぜだろうか。

山本修二氏によると、名曲「関《せき》の扉《と》」の「生野暮薄鈍《きやぼうすどん》情なし苦なし」というところで、「き」は立木の形、「や」は矢で弓をひく形、「ぼ」は棒の形、「うす」は茶うすの形、「どん」は戸をドンとたたく形、「じょう」は錠前をあける形で現わすのだそうである（『演劇芸術の問題点』）。山本氏はこれに注を加えて、「こうなると芸術の問題というより、むかし日本海軍でやっていた手旗信号か、いまのジェスチュアゲームの方に近い」と言っている（同書）。

なぜ、かような身振りが残り続けるのか。山本修二氏はわが国の芸能はもともと語りものとしておこり、舞踊はその歌の文句の説明であったという点にその理由を求める。踊りは説明であり、絵ときであり、啓蒙である。見てナルホドと納得できれば、それでおもしろいということになる。説明とは具象でなければならないのだ。

そのナルホドとうなずくグループのあいだで相互了解がふかまると、絵ときはやがて隠語的なものに変貌する。仲間どうし、通人どうしのあいだでの「おもしろみ」になる。こうなると、一般にひろまっては、かえって「おもしろみ」がなくなるわけだ。

ここに具象的身振りの逆説がある。もともと、なるほどと納得させるための啓蒙的手段であったものが、あるグループにだけ通じる排他的シンボリズムにかわる。というわけで、具象型＝啓蒙型＝納得型の身振りは、たやすく隠語型の身振りに変じてしまう。前にのべた伝統型の身振りにくらべ、いちじるしく短命で影のうすいのもそのせいであろうが、金とか女とか、人間のそれこそ隠された欲望を示すときにのみ、この一種の「あてぶり」が広く通用しているのがおもしろい。具象中の具象は、抽象とはちがった方向において、しかし抽象と同じく「隠された」ものとなる。

見たて　I

指で輪を作って「金」をしめし、小指をたてて「女」をあらわす。そのくらいしか一般的な「あてぶり」は思いつかないのだが、しかし、地域や職能によっては、まだまだ特殊なあてぶりがありそうである。

たとえば、京都の祇園では、いろは四十八字ぜんぶが用意されている身振り語がある。——というよりは、あったというべきか。その四十八字を見てみると、だいたい三つの型に分類できる。一つは「文字連想型」である。たとえば、「へ」は指で「へ」の字をしめす。「し」は指で平かなの「し」をしめす、といったあんばいである。次にくるのが「動作連想型」である。たとえば「ろ」は艪をこぐ動作をしてみせる。「に」は荷をかつぐ動作をしてみせる。その動作から、相手は相当する平かなを連想するのである。三番目は「事物連想型」だ。たとえば髪の毛を押えると、それは「け」のことだし、歯をさすと、それは「は」のことである。事物——といっても、つまり、ここでは肉体の一部のことであって、自分の身体を暗号の素材にして意味を伝達するわけだ。いちばん多いのは、動作連想型で、四十八文字のうち半数、二十四文字がこの型にはいる。ということは、文字や事物をゼスチュアで連想させるのは、かなりむずかしいということであろうが、記号の性格というのは、ここでは本題ではないので、しばらくおくとして、問題はこの身振り語の使われ方である。

一説によると（などと言うとすこし大げさになるが）、芸妓《げいこ》や舞妓《まいこ》がお座敷で客に聞こえのわるい話をするとき、この身振り語を使ったということだ。お座敷というところは勝手な話をしてはいけないところということになっている。どこまでも客の話についてゆく——それが舞妓の行儀というものである。しかし、舞妓には舞妓どうしの話があり、そのほうがおもしろいというのも自然の人情であろう。だから、客の目を盗んでこっそり「身振り語」でしゃべるということになる。やむをえぬ「裏」の会話なのである。ちかごろの若い舞妓は身振り語を知らぬということだが、それは当然のことで、今の舞妓には客の前でもわりあい平気で自分たちだけの話にふける自由があるのだ。そういう自由のあるところでは、「裏」の会話がすたれるのは当然である。

身振り語はここでもやはり、「裏」のことばである。みっともない、怪しげな、しかしやむを得ぬ「裏」のことばである。「表」にたいしてかならず、「裏」があるというのが、日本文化の一特徴であるが、この身振り語もまた、「裏」文化の一つであろう。「裏」であるかぎり陽のあたる正統の位置をしめることはできないが、しかし、時と場所におうじて、かならずカビのように表われてくるのが、また、この種の身振り語である。

日本人の会話にはゼスチュアが少ないといわれるが、ゼスチュアのない不動の姿勢、居ずまいを正した姿勢が「正統」である。しかし、その正統の裏に――といおうか、正統支配の陰に、といおうか、一時的で、怪しげで、だがおもしろい、さまざまの身振り語がうたかたのように現われ、消えてゆく。このおもしろいということがなければ、この種の身振り語が生きのびるということはなかったであろう。

＊

具象的身振り語は「たとえ」とか「見たて」とかを好む日本人の心性と、ひじょうに近いところにある。「見たて」を好む気持がまた、具象的身振り語を好むのである。いつか山口県の鍾乳洞を見て、おどろいたのは、奇怪な形の一つ一つに「見たて」がついていたことであった。たけのこといわれるとなるほどたけのこに見えてくる、といった具合いである。アメリカの、これに似た鍾乳洞には、たしか鯨の口という一つのシンボリズムしかなかったと思う。あらゆるものを何かに「見たて」て、また見たてられてはじめて、おもしろいと思って納得する心性は、われわれ日本人にははなはだ色濃い。さまざまの事物を抽象によって整理するヨーロッパ的傾向にたいし、私たちは、物と物とをつなげる連続によって納得する好みがある。そこから連想能力の活発という特性もでてくるであろうが、それとは裏腹に、抽象と分析を「肩がこる」と称して遠ざける傾向もうまれてくる。

「見たて」やたとえを好む心は具象的なものにたいする生き生きした興味を養う。リースマン教授は日本文化の中でもっとも注目すべきものとして、食堂の「実物模型」をあげたが、これも、具象への好み、具象による納得という心性とふかくかかわっている。

――というふうに考えてくれば、今日にいたるまで、影の部分、「裏」の文化としていやしめられつづけている具象的身振りが、あんがい、日本人の「正統」として、見なおされる日がくるかもしれないのである。

見たて　II

身振り言語は一種の「見たて」である。しかも、日本文化の、いわば影の部分である、と私はいった。チャンとした人物は、指で丸を作って「万事、これの問題で、エヘヘ」などと笑いはしないのである。しかし、見たてそのものは、けっして影の部分ではない。だいいち、歴史が古い。

ちはやぶる神の社し無かりせば　春日の野辺に　粟蒔かましを（「万葉集」巻三）

折口信夫はこの歌に注して、「神の社というのは、今見る社ではなく、昔は所有地を示すのには、縄張りをして、野を標《し》めた。其処には、他人が這入る事も、作物を作る事も出来なかった」と言っている。つまり、「やしろ」とは家代ということであり、「しろ」は材料ということであり、したがって「家そのものではなく、家に当たるもの、家と見做すべきものということである」（「古代人の思考の基礎」）。「やしろ」へ殿をたてるともはや「やしろ」ではなく「みや」となる。しかし大事なのは、標め縄を張りあるいは柱をたてて「やしろ」と見たてることである。日本書紀にイザナギ、イザナミの二神が、天御柱《あめのみはしら》を見たてて八尋殿《やひろどの》を作られたとあるのも、このことである。大和の大神《おおみわ》神社は三輪山という自然の山を御神体としていたという説があるが、これに対し西田長男氏は、三輪山には昔から石の牆《かき》でかこってある「禁足地」というのがあって、これは、ここに立派な社殿が建っているという「見たて」であったと反論している（対談「日本の自然観と見立て」）。

このような古代の「見たて」がどういう心でなされたのか、今、そのことに立ち入ることはできないが、身振り言語のうしろ暗さとは正反対の、「聖」なる行為であったことはたしかである。ところで、時代が下って近世となると「見たて」のおもむきはいちじるしく変わってくる。たとえば、遊女歌舞伎で美少年を仏像に見たてたり、遊女を禅和尚に見たてたりする。それを服部幸雄氏は「当代の〃俗〃を〃聖〃に〃見立てる〃ことである」と解釈している（「〃見立て〃考」）。これはおもしろい意見である。服部氏は同じエッセイのはじめに、「仮名手本忠臣蔵」の一力茶屋の場面をひき、そこに遊びとしての「見たて」の定着した形をみている。由良之助の遊興のありさまはご承知の方が多かろうが、たとえばある仲居は九太夫の頭をつまんでこういう。「そんなら私が見立てましょ。この箸ちょっとこう借りて、九太さんのお頭《つむ》をこう挟み、そこで私の見立てには、梅干しなんぞはどうじゃいな」。つまり、人間の頭を箸でつまんで梅干しに見たてたわけである。そこで一座はどっとわき、はやす。

こうした見たての、古代の見たてと何と遠くはなれていることか。これは遊びであり、ふざけであり、「もどき」や「パロディー」に通じる精神である。ロジェ・カイヨワは『遊びと人間』の中でパロディーを演ずる神々のことに触れ、「聖なるもの」にたいする畏《おそ》れを中和する道化の役割を、文明への一里程と見なした。今、私たちの問うている「見たて」の変遷は、かならずしも演劇の問題にかぎらないが、基本的には、カイヨワの指摘がここにあてはまる。古代の「見たて」には神への畏れがなくてはかなうまいが、近世の「見たて」は、むしろ畏れを中和するものであり、畏れをいわば人間化しようとするものである。

美少年を仏像に見たてたりするのは服部氏の考えでは、「必ずしも〝聖〟そのものの権威の失墜や堕落を意味するものとはいえない。ことはそれほど単純ではないようである」。たしかに権威の失墜ではない。「俗」による「聖」の批判というよりも、これは「俗」による「聖」の取りこみである。「聖」なるもののもつ感動、めでたさ、更生力……等々を「畏れ」からは切りはなし、人間生活の中にとりこもうとする知恵だ——と私は解釈している。同じく服部氏は、見たてがその効果として「楽しい」とか「おめでたい」とかいった明るい心情をひきおこす性格を持つことに注目している。暗いもの、陰気なものに見たてることは忌み嫌われている。ということは、人間的、俗的幸福の方向へ、「見たて」の聖なる性格がみちびかれているということであろう。

「俗」の世界への、こうした「通路づけ」において、「見たて」は「遊び」として成立したのだと思われる。これは「聖」「俗」「遊」の関連を考えるとき、おもしろい一つの例となるであろうが、ここでは、遊びとしての「見たて」、たとえば「見立て茶番」などは、やはり、ふざけであり、やつしであり、滑稽の雰囲気を免れていないことを、指摘しておこう。身振り言語がうしろ暗い隠語的性格をもち、はしたないという印象をともなうのは、近世における「見たて」のこうした性格と無縁ではない。だから、たとえば落語の中では扇子一本が煙管にもなり刀にもなるであろうが、滑稽の雰囲気から遠い舞いの世界では、扇子は見たての性格を失っているのである。

同じように、日常の礼儀の世界においても、手や指で何かを見たてるしぐさは「はしたない」とおとしめられ、逆に何ごとにも動ぜぬ正しい居ずまいが良しとされるのである。こうして日本人の能面のような無表情、そして乏しい身振りという性格があらわれてくる。

直立不動

テレビなどで流行歌手のうたうのを見ていて気づくのは、いかにも身振りの乏しいことである。「ステージ一〇一」などに現われるアメリカ伝来のフォークだのロックだのには、たしかに激しい身振りがある。われわれ旧弊な人間がみると、ヨイトマケや綱引きにも似た身振り――というより、運動である。しかしこれはまだ、板についた身振りとはいえない（「板についた」というのはおもしろい表現である。「板」とは「板の上の人間」などという言いまわしに残っているように「舞台」という意味であろう。つまり、舞台にはのぼっているものの、まだ舞台にふさわしくない、と私など思うのである）。

日本の歌手で、板についた身振りというのはどういうものだろうか。そんなことを、テレビを見ながらいつも思う。じつは身振りではなくて、表情だけに感情的表現が賭けられているのではあるまいか。これが私の推測であり、一応の結論でもある。まあ、しかし結論は急ぐまい。

この連続エッセイの題には「しぐさの日本文化」というのがかかげてあるが、「しぐさ」というのは、厳密には「舞台における俳優の表情・動作。所作」(『広辞苑』)のことである。日常の身振りでは、「妙なしぐさをする」といったぐあいに、芝居じみた、異様な身振り以外には、しぐさということばはあまり使わない。ところで、日本の歌手は、その「しぐさ」の中でも、もっぱら「表情」に力点をおいているのではないか。このことは、日本文化の何かの特徴とつながっているのではないか。戦前の歌手は、直立不動の姿をとっているのが多かった。背筋をまっすぐのばし、謹厳な顔でうたう。東海林太郎とか藤山一郎とかの「二枚目」の歌手は、たいていそういう姿勢だったと思う。「しぐさ」をまじえるのは、エノケンか二村定一《ふたむらていいち》のような、いわば「性格俳優」であった。

どうしてこういう直立不動の姿勢ができあがったのか。

*

ヨーロッパにあって日本に移植されなかった、あるいは移植困難であったものが二つある。それは「論理」と「雄弁」である。論理のほうは別として日本には雄弁の伝統というものがまるでなかった。ふしぎなことであるが事実、そうである。ということは、雄弁の目的である「説得」という行為が、わが国では不要であったということであろうか。それはともかく、雄弁の育たなかったことが、身振りをいちじるしく貧弱にした一因であることは、まずまちがいない。西洋人はたとえば大きく両手をひろげる。それは、相手を、人びとを、世界を自分のうちにとりこむ身振りである。歓迎を意味することもあれば、人を自分の味方にとりこむことをも意味する。西洋人は、こういう感情表現としての身振りを、ことばとともにひじょうに大事にする。ということは、ことばだけでは、自分と相手、そしてそれらをとりまく状況全体についての感情をうまく伝えられないからである。

西洋人が日本語を学んで面くらうことの一つは、自称詞の複雑多様なことである。ワタシ、ボク、オレ、自分、ワタクシ、テマエ、コチトラ、ウチ、ワテ、アタイ……等々。その他、状況によっては、自分のことをパパと呼んだり、オジイチャンと呼んだりする。こういうことばを学んでも、うまく状況に合わせて使うことができない。英語なら〝アイ〟の一語ですまされる。しかし、英語のばあい、さまざまの抑揚があり、また、さまざまの身振りがある。その身振りによって、ことばの貧弱さを補っているわけだ。このことは私の発見ではなく、在日の一アメリカ少女がそんなことを言っており、私はそれに感心したのだが、日本のばあい、身振りの貧しさと自称詞の豊かさとは、一つの事柄のウラとオモテである。

　鈴木孝夫氏によると、日本で親が自分のことを「パパ」と呼ぶのは、「自己というものを相手の立場から規定している」からであり、つまり、われわれは「自己規定の型を心的構造に持っている」ということなのだ。それに反し、ヨーロッパ語では「人は、自分が話し手であるか聞き手であるかの役割の確認さえしていればよいので、自己のあり方と他者（相手）のあり方との間の相関関係を情報として一々とり入れる必要はない」のである（「日本語の自称詞」）。

　後段のところには少し疑問がある。「相関関係」は、ヨーロッパでは抑揚や身振りによって表現され、確認されていると私は思う。それはともかく、日本では、目立った身振りよりもむしろことばによってすっきり、自分と他者との関係、その場の状況にたいする自分の反応が表現されているのである。たとえば大学の教室で、学生が「アタイ」といえば、これはもう大笑いである。ところが柳の木の下で、女の子が男の子に向かい「アタイのこと、どう思ってる」といえば、この少女は、自分と相手との関係、および全体の状況をよく伝え、また確認しているのである。つまり、サマになっている。

　日本人が外国人との会合で黙りがちになるのは、「状況」がよくつかめぬからである。「状況」がつかめないときには、ことばがでてこないのである。外国人は、そういう時には、身振りをひかえることで、事は済む。

角度を変えていえば、日本では、ことばの感情的用法があまりにも豊かであるため、それにくわえて「妙なしぐさ」をすることは、はしたないという印象を与える。そして「はしたなさ」をとくに恐れる男が、ステージで歌うとき、彼は直立不動の姿勢をとる以外にどういう方法があったか。

*

しかし、そういう否定的役割だけで直立不動が愛好されているともいえない。もっと積極的な意味もあろう。たとえば深夜の郊外電車で酔っぱらいのおじさんが、吊皮にぶらさがりながら直立不動の姿勢をとっている。「……方面総司令官大将松井石根《いわね》閣下」からはじまり、部隊長、大隊長、中隊長、小隊長、班長、等々の名前が高らかにとなえられる。そして、それら系列の最後に、誇りと自信をこめて自分の位と名前がのべられる。彼は田舎から上京してきた旧兵隊ででもあろうか、小脇には結婚披露のおみやげが大事にかかえられていた。彼の姿勢が直立不動であっただけでなく、彼の表情はまた、無表情でもあった。しかし、その直立不動と無表情とは、しっかりした「自己規定」に支えられた安心感そのものの表現なのであった。

直立不動、無表情は、ヒエラルキーによって自己を疑いようもなく規定された者の姿勢であり、自己表現である。

表情

別に日本にかぎったことではないが、流行歌というものは、どこでも、どうして恋の歌が多いのか。それも、大半はやるせない失恋の歌である。

どうしてなのか。

——と問うことは愚問に似ている。失恋の歌は人を感動させるからだ、と多くの人は言うだろう。しかし（と、私はさらにしつこく考える）、どうして失恋の歌が人を感動させるのか。

＊

人類学者マーガレット・ミードの報告によると、ニューギニアに住むアラペシ族というのは、ちょっと変わった民族である。たとえば猟で傷を負うとする。このけが人はかんたんな手当をしたのち、部落の人の同情をえようとして村中をねり歩く。すると、村中の人が「おーかわいそうに」と言って集まってくる。このように人びとの同情の気持をかきたてることが、アラペシ族のコミュニケイションの主眼だそうだ。ミードは、このことを次のように理論化して述べている。

「傷を負ったり、頭痛が生じたときの状況がどのようなものであっても、各人はみずからの個人的な状態を集団全員が情緒的にかかわりあう事柄へと転化するのである。この反応は十分に習慣化されているので、ちょっとしたけがの話、どこか別の土地でずっと昔に事故でつぶした指の話でさえ、聴衆の同情に満ちた声々の合唱を起こさせるほどだ。伝え手は一つの感情の状態を集団に表示し、集団も一つの感情の状態でもってそれにこたえる」（「コミュニケイション問題への文化的アプローチ」井上摩耶子訳）

流行歌手と聴衆とのあいだにまきおこる感情の状態も、おそらくこれにひじょうに近いものなのである。歌手は自分の心の傷口をひらいてみせる。すると「聴衆の同情に満ちた声々の合唱を起こさせるほどだ」――というふうに考えられないだろうか。

素朴な民族はすべてこのように情動的である、とミードはいっているわけではない。同じ「原始」民族でも、マヌス族のように実証的、論理的傾向のきわだった民族もいる。要は、人間のコミュニケイション活動の一側面をきわだたせると、アラペシ族的な傾向がでてくる、ということである。

アラペシ族では、傷口をなおすことは副次的な問題である。主眼は、自分の感情を人びとに伝え、その人たちから好意と同情の反応の返ってくるのを求めることにある。

傷口をひらいて見せたところで、傷がよくなるわけではない。傷を人に見せるよりも、傷口をふさぐ実際的治療を進歩させること――それが、いわば近代文明の道すじであろう。

こうして肉体の傷ばかりでなく、心の傷もいやすさまざまの科学的方法が案出されてきた。カウンセラーのところに駆け込み、精神分析医に相談する。しかし、それでもなお、「お医者さまでも草津の湯」でもなおらぬ心の傷がある。失恋の痛手である。

というわけで、恋の傷口については世界中の人びとが、今もやはり、多くはアラペシ族的方法をとっているのである。「伝え手は一つの感情の状態を集団に表示し、集団も一つの感情の状態でもってそれにこたえる。したがって、情報は最小限しか伝達されない」とミードはアラペシ族のコミュニケイションについて言う。流行歌のばあいも、「情報」はきわめて乏しい。つまり、歌詞はほとんど無内容なのである。問題は、無内容な「情報」にあるのではなく、歌手の全身的な苦悶の状況が聴衆をとらえ、聴衆を感化することである。

そのさい、リズムやメロディーや声の質やこぶしのきかせかた、といった歌本来の要素が大事であることはいうまでもないが、ほかに、苦悶をつたえる身ぶり、しぐさが大きくものを言う。聴衆は歌手の「悩ましげな」表情にとらえられ、感化される。西田佐知子が目をつむり、うっとりすれば聴衆もまた、なんだか、目をつむり、うっとりした気分になる。にしきのあきらがからだをよじらせ、苦悶の表情をうかべると、聴衆もまた、「もう恋なのか」といった気分になる。

このような感化力こそ、流行歌のいのちであると思えるのだが、それにしては前にものべたように、日本の歌手の身ぶりはごく乏しい。辺見マリなどがフラメンコの踊りにも似た豊かな手ぶりで登場してきたことは画期的とさえ思えたが、しかも、これもまだ、一般的とはいえず、果たしてこういう身ぶりが定着するものかどうかも、きわめて疑わしい。こういう歌手の生命が長いとは、気の毒ながら思えないのである。

戦前の、とりわけ男性歌手は直立不動で無表情であった。心に感じることを表情には出さなかったのである。その、じっと耐えて表情に出さないという感じが、逆に、聴衆の心をとらえてきたかに思える。いや、じっと耐えるというよりも、先にのべた「自己規定による安心感」が、歌手と聴き手を共にとらえていたのかもしれない。

女性のばあいも、口もとを手で押えるというのは、おそらく能の「しおり」とも関係する抑制の表現であったが、しかし、ともかくまず女性歌手の方から「表情に出す」ということがはじまったのは、興味ぶかい。感情表現の「近代化」はこの場合もやはり、女性から始まったと見てよかろう。いや、近代化というより、「アラペシ化」の世界の本流に乗ってきたというべきか。

そのうち次第に男性もこの傾向に感化され、「今日でお別れ」の菅原洋一などは、歌の内容もさることながら、目をつむってうっとりするところなど、かつての男性歌手とは、まるでちがった印象をあたえる。男もようやく、心に感じることを直線的に「表情に出す」時代になってきたといえるのか。

ただし、その表情、そして身ぶりがどのような派手さに行きつくのか、行きついた派手な表情がどういう内容をもつのか、それが土着的といえるかどうか、等々は今のところ疑問のなかに閉ざされている。

咳払い Ⅰ

テレビのインタビューの画面など見ていると、おもしろいことに気づく。たいていの人が「そうですネ」ということばで口を切る。あるいは「やっぱり」で始める人もある。この両者を併用して「そうですネ、やっぱり何じゃないでしょうか……」と言い出す人もある。

こういう場面にぶつかるたびに私は何となく微笑を禁じえない。民族的な無意識の心理がここに出ているような気がするのだ。論理としてみると「そうですネ、やっぱり何じゃないでしょうか」などというのは、まるで意味をなさない。が、気分としてはよくわかるし、何かの含みがあるようだ。そこで、私は微笑する。ひとり微笑をうかべるが、しかし、それでは、こういう「無意味語」にはどういう「意味」があるのかと正面きって問われると、ちょっと困ってしまう。

はじめにことばを切りだすのは、なかなか勇気のいることである。何だか世界中が自分に敵意をもっているような気がする。そこで思い切ってエヘンとやる。いわゆる咳払いである。勇気をふるいおこすには、伝統的にはこの咳払いという術があった。

戸井田道三氏は『能芸論』のなかでこういうことを言っている。「咳払いするときの実感を反省してみると、言葉がなめらかに出てこないのは、何かが邪魔をしているからと無意識のうちに感じ、それを吹き払おうとする気分がある。ちょうど痰が、のどにからまって発声をさまたげているのを、吹き払うのと同じである。あるいは類感呪術といわれるべきものかも知れない。とにかく、意志的に咳払いをするところに、ひとりでに出てくる生理的な咳とはちがった社会性をみとめないわけにいかないのである」

戸井田氏も同じ論文の中で指摘しているが、昔の人は御不浄へいったらかならず咳払いしなさい、と言ったものである。とりわけ、たそがれどきが大切である。というのは、そのころチミモウリョウが出て災いをもたらすからなので、咳払いはその魔除けなのである。

咳払いはもともと悪魔外道の跳梁を払いのけるためのもので、したがって、決然と何かを述べようとするときには、おのずからエヘンと一つ、咳払いをしないではおさまらないのである。そこから、まつろわぬ輩を威圧したり、敵意をもつ連中を見下したりするとき、エヘンと咳払いをして威風を示してみせるということがおこる。いわゆるエライ人が咳払いをしてみせるのは、後者の場合であって、これは漫画などの好餌となっている。咳払いの社会性がひろがってくると、たとえば音楽会などでも開演前、聴衆はいっせいにオホン、エヘンと咳払いをはじめる。ははあ、また「日本文化」がはじまったな、と私は思わず微笑してしまう。

咳払いにかぎらず、一般に「払い」というのは、そういう悪魔除けの効能をもつものだが、そのことに考えを進めてゆく前に、もう一度、はじめの「そうですネ」「やっぱり」ということばぐせに戻ってみよう。すると、これも「やっぱり」一種の咳払い、一種の魔除けであることに気づく。ただ、咳払いとちがって、これははっきりしたことばである。単なる魔除けのまじないにすぎぬとは言いきれぬものがある。それが一つの問題である。

「そうですネ」とは妙な表現である。相手は別に何も言ってないのに、「そうですネ」とまず、相づちを打っている。たとえば、アナウンサーが「このごろの青年の読書傾向はどうですか」と問う。すると「そうですネ」と答えている。これはどういうことなのか。

前に「あいづち」の項でも触れたことだが、日本人は同調への志向が高い。相手のいう一言一言にあいづちを打つ人が多い。「そうですネ」という切りだしも、この傾向につながる心的態度であろう。つまり、発言する前に、あらかじめ、相手に対する同調を示しているのである。ということは、相手の自分に対する同調をも、あらかじめ期待しての「そうですネ」と見られなくもない。要するに、これは「咳払い」としても「同調の咳払い」なのである。

もっとも、「同調の咳払い」という表現はおかしい。咳払いとはもともと、悪魔払いの行為であり、大げさにいえばまがまがしい世界との「非同調」を示すものだったからである。

一般に、近代になって個性化、自立化が進んできたように言われているが、しかし、今の例でもわかるとおり、世界との同調、あるいは同調への志向は衰えたとはいえない。ただ「同調」のかたちが変わってきたのだと考えたい。だいたい昔の人は、今の人のように、やたらに「そうですネ」という話の切り出し方はしなかったものである。

今の人のもう一つの口癖、「やっぱり」についても同じようなことが言える。「やっぱり、そこはウェーバーではなくてマルクスではないですか」といった表現を思い浮かべてみよう。「やっぱりマルクス」というのは「やっぱりガス」というコマーシャルと同じように世間の通念によりかかろうとする姿勢の表現なのである。よらば大樹の陰という権威依存の姿勢がこの「やっぱり」に見られるというわけだ。

魔除けなどといえば、今の人は何と古めかしいと言うだろうが、外道退散を願う意思表示と、権威依存、外界への同調の意思表示と、どちらが新しいのか、私には判断がつかない。

咳払い　II

酒を飲むときの癖をからかった落語があって、その中に「壁塗り型」という癖があった。酒はダメという意思表示に、両手を前に突きだし、掌を相手にみせながら左右に振る。その恰好がまるで左官の壁塗りみたいだというのだ。

一般に、遠慮とか辞退とか拒否とかの意思をあらわすには、片手あるいは両手を左右に振る。あの身振りは、いったいどこから来たものか。あの払いのけの動作は、咳払いと同じく外道退散を願う身振りであり、ひょっとすると神道の祓《はら》いに通じるものではないのか。

「とんでもない」とか「めっそうもない」とか、とりわけ「縁起でもない」とか言うとき、私たちは無意識のうちに手をあげ、左右に激しく振るようである。左右に振ることによって、外道が飛んで逃げると信じているかのように……。

「じゃないが」という表現を分析してみせた板坂元氏は南方熊楠の次の文章によって、「じゃないが」の心理の奥深くにはいっていった。いま私たちの問題にしている

「払う」ということに、これが関連してくる。

「予幼時、和歌山の小学生など、人が斬れたとか、負傷したとか、の噺《はなし》をするに、必らず『吾が身じゃないが』と前置して、さて爰《ここ》をこう斬れた、これからそれ迄火傷したなどと自身の其所を指して話した。先ず自身を祓除《ふつじょ》して、後に凶事を教示するのだ」

「わが身じゃないが」といったまじないを唱えないと、わざわいを招くもととなる、そういうふうに昔の人は信じていたのであり、「芥川の言葉じゃないが、人生は一行のボードレールにもしかない」という現代的表現の「じゃないが」はここから由来していると板坂氏は説くのである（『日本人の論理構造』）。

つまり、わざわいを払いのけるまじないことばとして「じゃないが」という表現が日本語の中に定着してしまったというわけである。これはおもしろい考えである。

＊

ところで、まじないことばにつきものの「祓え」というもののあることはよく知られている（折口信夫は「〃はらえ〃というのは、上から官吏・人民に課して祓わしめる処の、幾分か強制的なもので、自ら行う時は、〃はらう〃である。私は〃はらえ〃

は後世風で、大昔からあったものではないと思う」と言っている。しかしここでは「祓え」といっておこう)。

祓えというのは、まじないことばをとなえ、茅、萱、麻のような清浄な草で祓えば、罪障が消えるという信仰である。奈良朝のむかしから、人びとは祓えの詞を聞き、神主に菅の葉で祓ってもらってきた。こんにちに残る習俗である。

わが国では、罪障とはうらみを含んで死んでいった人のタタリや外界の何かの汚れによっておこるものであり、それを祓う、あるいは払えば、罪障が消えると信じられてきたのである。だから神主さんのオハライの身振りが、「めっそうもない」の身振りに転化していったと考えても、自然であろう。

(ついでに言えば、祓えのほかに移しによって汚れをはらう方法もある。イボイボ移れ、などと唱えてイボ退治のおまじないをしたことをおぼえているが、子供の遊びでも、他人にちょっと触って「ベンショ、アブラショ」とはやしたてる遊びがあった。ベンショとは汚れのことであり、その汚れは、人に移せばわが身からは消えてゆくのである。ところがスペインにもまったく同じマンチャ(汚れ)という遊びのあることを知っておどろく。わが国独自ということは軽率には言えないという一例でもある)。

「払い」のける動作は、けっきょく超自然的なものを身辺から遠ざける動作である。

妙なタタリや異様な外道が周囲にうろうろしている。そこで「とんでもない」とか「縁起でもない」とかいって、払いのけ、これらの超自然を敬遠する。いわば、敬遠のサインである。

「わが身じゃないが」といって自分を祓うのと、手を左右に振って拒否を表わすのとはふかい血縁関係にあると私は考えている。

＊

ところで藤縄謙三氏は「ギリシア神話と日本神話」（「歴史と人物」昭和四十六年十二月号）のなかで、日本の神さまのありかたとギリシャの神さまのありかたの違いについて、興味ぶかい説を出している。日本の神々はだいたいタタリの神であり、しかも「日本の神はそもそも人間社会よりも、原始的な自然の中に隔離されることを好むらしい」。そこで、人間の側からいうと神々を敬して遠ざける気風がある。それに反し、ギリシャでは、土地そのものが女神であり、ポリスの守護神はポリスの中心に祭られている。人間の側からいうと、人は神々と密接して生活していたのである。

というわけで、私たち日本人のばあい、困ったこと、嫌なことがおこったり、あるいは思い切って何かの意思表示をしなければならぬはめにおちいったりすると、手で

「払い」のける身振りをしたり、あるいはエヘンと強く咳払いしたりするのである。こうして身近に迫った神々を払いのけ、タタリの神々の関わらぬ「日常性」を確保しようとする。こうして確保された「日常性」こそ、私たちのたしかな（ということは、合理的な）生活の基盤となるのである。

ところで現代ヨーロッパでは、困ったとき、口ごもったとき、エヘンというかわりにどういうことばをとなえ、どういう身振りをするのであろうか。フランス文化史の碩学ダニエル・モルネ氏には、奇妙な癖があり、ひと言ふた言何かいって口ごもると、そのたびにMon Dieu! を連発するのであった。「モン・デュ」とは、もともとは「わが神よ」という意味であり、つまりいちいち、「わが神」に助けを教授は求めていたわけなのである。

エヘンといって「神」を払うわれわれと、いちいち「神」の助けを求めるヨーロッパ人と、これは大へんな違いであるが、そのもとにはやはり神観念の違いが横たわっている。

くしゃみ

シャツがほころびている。ボタンがとれている。しかし登校まぎわでシャツを脱ぐ余裕がない。そんな時、私は母に「脱いだ！」と言わされた。「脱いだ」と言いさえすれば、それで本当に脱いだことと同じになる、そういう信仰があった。針や釘などの物が身体に触れるのは不吉なことである。それは呪いの仕草に似ているし、つい手がすべって身体を傷つけないとはかぎらない。身体を傷つけてしまってから、あれは誰かの呪いだったと合点しても遅いのである。だから母は「脱いだ！」という言葉を無理にも私に言わせようとしたのであろう。しかし、私は時おり、「脱い……」まで言って母を安心させてから「……でへん（でない）」と事態を逆転させてしまう親不孝の子供だった。まじないが、先人の経験に対する漠然とした信用の上に成りたっているとすれば、子供を支配していた心理は、先人の経験に対する漠然とした不信用であった。

このような不信用、不信心は時がくだるにつれ、いよいよたかまってきているように思われる。こんにち、都会の子供でまじないに従順な子を見つけることはむつかしい。ところが、それでいて——また私事にわたるが、私の娘は幼い時、何かへまをやると思わず「あっ」と叫んで口をおさえるしぐさをしたものだが、あれなど、まさにまじないの伝統ではないかと、おかしくも可愛くも思われたものだ。

＊

『徒然草』第四十七段にこういう話がある。ある人、清水寺へ参詣するのに年老いた尼と道連れになったが、道すがらその尼は「くさめ、くさめ」としきりに言う。その理由を問うと、「鼻ひたる時（くしゃみが出たとき）、くさめ、くさめと言ってまじないをしないと死んでしまうと世間では言います。私の養った子が今、比叡山にいますが、今もくしゃみしているのではないかと心配で、こうして、くさめ、くさめと申しているのです」と答えた。

柳田国男はこの話から「クシャミのこと」という論文を書いたが、徒然草の本文でも分るように、くしゃみすることを昔はハナヒルと言った。ハナヒが何か不安の気持を人におこさせたので、クサメというまじないを唱えたのである。

まじない言葉（クサメ）がもとの不吉な現象の呼び名（ハナヒ）に取ってかわった

ということ自体、考察に価するおもしろいことではあるが、ここでは先ず、どうしてくしゃみがそれほど人びとをおそれさせたのかということが気にかかる。くしゃみをすると何処かで人が自分のことをそしっている、といったことは今でもよく言うが、それはおそらく、自分の魂がくしゃみと共にさまよい出て、魔性のもののなぶりものになっているということなのであろう。気は自分の体内にあって凝っていなければならない。だのに、くしゃみは不可抗力的に気を散らしてしまうのである。これが魑魅《ちみ》魍魎《もうりょう》の仕業でないとどうして言えよう。

　クサメの語源は「休息万命《きゅうそくばんみょう》、急々如律令《きゅうきゅうにょりつりょう》」というとなえごとの訛伝《かでん》だという説があるが、柳田国男はこれを間違いだとして、クサメとは「糞はめ」であって、「クソクラエ」と同じ言葉だという説をたてた。つまり魔物を圧伏する威勢を示す言葉だという。私はこの柳田説をもっともだと思う。

　クサメととなえるのも咳払いするのも、外道の悪魔を退散させるための呪文およびしぐさであり、「あっ」といって思わず口をふさぐのも、逃げて行く気を押しとどめる元気づけのしぐさであって、ともにまじない文化の一表現であることに変りはない。

　節分にイワシの頭を軒ごとにかかげるといったまじないの習俗はたしかに年ごとに

薄れつつある。しかしそのことで、まじないそのものがなくなったと喜んだり悲しんだりするのは早計である。まじないの心性は、表面の習俗よりも言葉に、そして言葉よりもしぐさに、より深い痕跡をのこしている。

災難はどこに転がっているか分らない。何が災いのもとになるか、知れたものではない。この不安がなくならないかぎり、まじない文化が絶えることはない。

＊

折口信夫によれば、まじないの「まじ」とは「鳥・獣・昆虫類の人に疾病を与える力」であり、「之を使う側をも、後にはまじなうと言うが、始めは防ぐ方を言うたと考えられる」（「『ほ』・『うら』から『ほがい』へ」）。同じ折口は別のところで「まじは精霊の不純な活動を言う語」であるとも言っている（「まじないの一方面」）。これを整理すると、こういうことになろうか。虫などが害をなして人に病いを与えたばあい、その虫は実は精霊の不純な活動なのである。この不純な活動をはらうには二つの方法があり、一つは精霊の純なる活動に頼ること、これを「くする」「くすし」と言う。もう一つは、「まじなう」こと、つまり「悪魔の氏子」となることである。

蜂に刺されたら蜂をむしって刺されたところに擦りこんでおかねばならぬという民

間療法がある。これなど「悪魔の氏子」になることの一例であろう。「幼い心を持っていた昔の人にとっては、悩《なや》ま し苦める毒を、身内に蓄えている毒虫などが、どうして、自身其毒にあたらぬだろうと言うことは、可なりむずかしい疑問であったに違いない。其にはきっと、其毒を消すに足るだけの要素を同時に、一つからだに具えているに違いない、と解釈するより外に、為方はなかった事と思う」と折口信夫は考える。この「療法」を折口は「讐《あだ》討ち療法」と名づけたが、「毒くらわば皿まで」とか「毒を以て毒を制す」といったことわざに、この「療法」の名残りがみられる。

とはいえ「讐討ち療法」は時が下るにつれてしだいに薄れていったと思われる。「まじ」の氏子になるよりも、「まじ」を他者として認識し、これを罵倒したり（たとえば「くさめ」）、これを脅迫したり（たとえば成物《なりもの》いじめ）、あるいはあらかじめこれを敬遠したり（たとえば、いわしの頭）するようになる。「まじ」を他者としてとめるというのは、あるていどの分析的思考がなければかなわぬことであり、また、人びとがその段階に達した時、「讐討ち療法」から脱してきたのではないか。

もっとも、分析的といっても、「まじ」を完全な他者と見るわけではない。程度問題である。悪魔の氏子になりはしないが、悪魔はやはりいたるところにおり、いろんな物が悪魔に感染している。だから、この感染した物を叩いたり、おどしたりして、人間の偉力に感応させる。すると、もとの悪魔まで、これはかなわんといって逃げだすのである。

悪魔に感染しているのは物だけではない。言葉もまたそうである。また『徒然草』になるが、後産に難儀した折は、「こしき」（今のせいろう）を家の棟から落せというまじないが書かれている（第六十一段）。「こしき」は腰気に通じ、とりわけ大原（大腹に通ずる）のこしきがよいという。大原のこしきが棟から落ちれば、後産もまた落ちるというわけだ。逆にいえば、腰気にとりついた悪魔は、言葉を通じて大原のこしきにまで感染しているのである。だから、これを落して、人間の力あるいは知恵に感応させればよい。こういうのを「讐討ち療法」に対して「感応療法」と呼んでおこうか。

私見だが、感応療法としてのまじないには次の四つの種類がある。

災難に対して｛脅迫
　　　　　　　予祝

病気に対して｛療治
　　　　　　　予防

「早く芽を出せ柿の種、出さぬと鋏でチョン切るぞ」というのは、「成物いじめ」の

祝）
一種である。（脅迫）
モチギリという習俗がある。出産の真似ごとを真剣にやると子供が生まれる。（予祝）
杓子に子供の名と年を書いて戸口に打ちつけておくと夜泣きがとまる。（療治）
クルミを手でもんでいると中風にならぬ。（予防）
脅迫、予祝、療治、予防の四つにまじないを分けてみると、今日生きのこっているのは、だいたい脅迫と予防の二つであることがわかる。予祝は、正月にめでたい言葉ばかり言うといったことに名ごりをとどめているとはいえ、多くは共同体の習俗であったし、共同体の衰退とともに予祝のまじないが衰えていったのは当然であろう。療治のまじないは多くは祈禱師という専門家を必要とするし、その専門家が国家試験を受けた医師という別の専門家に打倒された今では、これも衰退が必然である。
というわけで、今は脅迫のまじないと予防のまじない——それも、はじめに言ったように、日常は咳払いといった無意識の領域におしこめられたまじないしか生きのびてはいない。とはいうものの、科学的知識を楯に親に歯むかう子供らが、入学試験といった不安状況に投げこまれると、ポケットにそっと十勝石を忍ばせることも常例であってみれば、この世の不安が解消せぬかぎり（そんなことはありえまいが）まじないが絶えることはない。

ただし、まじないの質といおうか範疇といおうか、が変ってゆくと思われる。たとえば、今の文明人は煙草をまじないとは夢思ってはいないが、後世のある時点からすれば、これもまじないの一種として系譜づけられるのではないか、などということを考えたりする。他人と会うことが多くなり、緊張を強いられることがひんぱんになると、人は茶とか煙草とかの刺激物によって、緊張をまぎらそうとする。社交という社会的タタリを、煙草という社会的産物によって祓っているのである。

煙草のけむりを勢いよく吹き出すとき、あなたは何を吹き払っているのであろうか。ひょっとすると、折口信夫の言った「讐討ち療法」に還っているのではないか。

あくび

むかしKという友人がいた。彼は人前で大あくびをするので有名である。私としゃべっていても、大あくびをする。私は腹が立つよりもむしろ奇異に思い、それ以来、あくびという現象に興味をもつようになった。

私は率直にKに聞いてみた。たとえば前夜ねむれなかったのか、たとえば私の話が退屈なのか。Kは言下に否定した。彼はくたびれてもいないし、かならずしも退屈してもいないのである。しかも、この人物、なかなかの俊鋭であって、神経はきわめてこまかい。それでは、いったい、どういうわけで彼はあくびを連発するのか。私の疑問はふかまるばかりである。

もちろん、あくびは生理現象である。疲労とか倦怠とかにかかわる現象であって、インド人だってフランス人だってあくびをする。しかし、私がK君のことから発してあくびというものに注目しだしたのは、会議とか教室とかであまりにもしばしば、あくびに出くわすからであった（あくびと並んで多いのはため息である。どういう性格の人にあくびをする人が多く、どういう性格の人にため息をつく人が多いか、会議中の私はそんなことに気をひかれるのである)。

電車の中での日本人の居ねむりは国際的に有名だが、それはおそらく、人びとの言うとおり、われわれ日本人の多忙と過労から来るものであろう。あくびもまた、この過労から来ていると考えられなくもない。しかし私は、生理学のレベルのほかに、文化的、社会的レベルでも、あくびというものは考えられるのではないかと思っている。

*

フランスの哲学者アランは『幸福論』のなかであくびに触れて次のように言っている。「あくびをするのは疲労のしるしというよりむしろ、精神を集中し討論している人びとに与えられた休暇なのである」

つまり、意識の「場」の一種の転換があくびというものだと、私も思う。会議とは集合的意識を作りあげるための競合であり協力であるわけだが、そのような集合的意識づくりの「場」から一時的にのがれ、自分ひとりだけの意識、あるいは無意識のなかに沈む、そのキッカケとなるのがあくびである。

あくびは肉体的反応というだけではない。なにかふしぎな、無意識的反応現象であって、昔の人が、あくびには神がやどるというふうに考えていたのは、根拠のないことではない。

あくびに神がやどるなどといえば、今のわれわれにはふしぎに思えるだろうが、たとえば柳田国男は次のように述べている。

「八丈の島などでは今もあることだが、他でも或はそういう例があろう。女が新たに巫女になる時には、神の前で熱心に拝んで居るのが、頻りにアクビをし始めるのを、神に認められた一つの兆候として居る。或は中座とも中立ちとも謂って、霊媒に物を聴く場合にも、本人の挙動を注意して居て、アクビをし出すのを神の懸って来た知らせとして居る。即ち単なる生理現象とは、以前の人は見なかったので、是が土地によって参籠と同じ語を以て呼ばれて居たのも、或は隠れて昔からの理由があったかも知れぬ」(『方言覚書』)

しきりにあくびをしだすとその人は神に認められだしたと昔の人は考えていた。今の人はむしろ逆である。今では、しきりにあくびをしだすと退屈と無礼の悪魔にとらえられたというふうに考えられる。

このばあい、神とか神がかりとかいうのは、個人的、集団的無意識というふうに考えてよいだろう。ふしぎな無意識の「場」にはいりこんだというしるしが、じつはこのあくびというものなのだ。

ところで近現代において、あくびが無礼とかたしなみがないとかいうふうに、もっぱら思われだしたのは、どういう理由によるものであろうか。

一つには、個人ないし集団の無意識（それは神と言いかえてもよいが）をみとめず、世俗的な意識の世界だけをみとめ、それだけでこの世を構築していこうとする科学的態度によるものであろう。

二つには、集団的意志をつくりあげる「場」においては、それから逸脱する現象は無礼な反逆とみなす、かたくなな態度によるものである。つまり、近代的集団というものは、それ自身、無意識の領域をもっているにもかかわらず、構成メンバーの無意識の世界はなるたけみとめまいとする非寛容の性格をおびているようである。

柳田国男の伝えたような素朴な女性が、ある日、あくびを見とがめられた、その時のおどろきはいかばかりであったろうか。こうして、いつの日からか、私たちは「生あくびをかみころす」修業にいそしんできたわけだが、それでもなお、日ごろの会議や何かで、大あくびや、それからもう一つ、ため息などというものが多く見られるのは、こんにちの会議形態にたいする、やむにやまれぬ神々の反逆というものではなかろうか。

　アランは精神の「休暇」という表現をとったが、たしかに「休み」というものにひそむ根源的な意味と、あくびとは、どこかでふかくつながっている。「休み」とは、もともと人間世界をはなれて、ひとり、神々のふところに憩うことであってみれば、あくび現象は、集団理性をはなれて、ひとり、自分の無意識の世界に憩うということである。あるいは無意識の世界が肉体をまねくしるしといってもよい。

　生あくびをかみころすことで、そういう根源的な世界への入り口をとざすことは、健康的とは思われないが、しかし、それにしても、あくびは容易に人にうつるという「俗信」は、やはり巨大な無意識の暗くて深い世界が、あくびという使者を通じて、人びとを招きよせているという信仰のあらわれではあるまいか。ちなみに、いっしょにあくびをすると「三日の親類だ」という言い方があるが、これなどあくびを通じての人間的つながりを言い表わしたものとして、まことに妙なるものである。

泣くⅠ

「げにわれら久しく泣くことを忘れいたりしよ」という中原中也の一句があった。ちょうど、これに符節をあわすようにして、柳田国男も「人が泣くということは、近年著しく少なくなって居るのである」(「涕泣史談」)と言った。

詩人と民俗学者とがともに、泣くことの減退に目をとどめたのである。いずれも戦前、昭和十年代の観察であったが、こういう傾向は、近年、いよいよ目だってきているようである。

たとえば葬式のときでも、涙をうかべる会葬者は、しだいに減ってきている。むかしは、大してかかわりのない会葬者でも泣いていたのに、という感がある。泣くことをいやしめ、禁じる風潮がはびこったためであろうか。

柳田国男が子供の例で観察したように、とくにいちじるしい変化は子供の泣かなくなったことである。むかし——といっても色々あるが、戦前、私たちが子供のころでさえ、まだまだ、何かというと泣いていたように思う。水洟《みずばな》をたらし、すすり上げ、泣きじゃくる。そんな子供を見るのは街頭の常態であった。しかし近ごろは、町かどでめったに子供の泣いているのを見たことがない。

私はかなり注意して街頭観察しているつもりだが、いつの日から子供の泣く姿を見なくなったか、ちょっと記憶にない（むしろ盛り場などで、若い女が目に涙をためて走り去るのを見ることが、二、三度あった。また、フランスの片田舎で、深夜車を走らせていたとき、一人の女が泣きながらとぼとぼ歩いていた姿が今も目にうかぶ）。

柳田説によれば、子供が泣かなくなったのは、一つには口が達者になったためである。子供がワンワン泣き出すと、ふつう親は怒り、「泣いていてはわからないじゃないの。ちゃんとわけをお言い」などと子供に言う。しかし、子供の方にしてみれば、ちゃんとわけが言えないから泣いているのである。伊達や酔狂で泣いているわけではないのだ。

つまり、「泣く」というのは「話す」ということとは独立、独自のコミュニケイションなのである。思わず胸がつまって泣く。あるいは、万感胸にせきあげて泣く。それは、感情の鮮明な表現形態であり、ことばでは代用しにくいものである。

ところがいっぽうでは、人前で泣くことは恥ずかしいことだという規制意識がつよまり、他方では「口が達者」——つまり言語活動が活発になってくると、以前なら文句なく泣いていたところを、おとな顔まけの理屈を言いだす。

むかし、私たちが子供のころは、何か物を買ってほしく、しかも親が同意しないときには、まずダダをこね、それでもきき目がないと百貨店のフロアーなどにひっくりかえりワンワン泣きわめいてやったものだが、近ごろの子供は、理路整然と要求をもちだすようである。これはたしかに小さな事柄における巨大な変化である。

*

一般に、どうして泣き現象が減ってきたのか。これはなかなかの難問である。いちばん早く、そして徹底的に消滅したのは、ラメンテイション（哀悼）の泣き方である。神や霊を送るときには、儀式として人びとは泣いたようだが、こういう泣き方はもはや私たちから遠い。ということは、私たちが霊に共感することが、いかに少なくなったかということではないのか。共感が少ないから、儀式がそらぞらしくなり、ラメンテイションという形式そのものが消えてしまったのであろう。いつか、上野英信氏が戦後の炭坑は幽霊が出なくなったということを指摘しており、興味ぶかく思った。炭坑などに出る幽霊はすべて戦前できなのである。ということは、戦後は幽霊に共感しうる力、死者を幽霊として心の中に創出しうる力がうせてしまったということなのである。

柳田国男は、このラメンテイションと並んでデモンストレイションの泣き方をあげている。子供が親にダダをこねて泣きわめく、というのは、まさにこのデモンストレイションの泣きである。「デモ泣き」とでも言うべきか。こういうのが、いちばん「みっともない」として社会的にたしなめられる。しかし、なぜ「みっともない」のか。

主張なり要求なりは、ちゃんと論理的な形でもちだすべきだ、感情に訴えるのはよろしくない。こういう考え方が「みっともない」という評価の背後にある。「男が泣くのはみっともない」「大のおとなが泣くのはみっともない」。この表現の背後には、女、子供が泣くのは、あるていどやむをえない。つまり、女、子供というのは感情に動かされやすい存在である、という考えがひそんでいる。

しかし、平等主義の考えが徹底してくると、その女、子供もやはり男、おとななみになり、「泣くのはみっともない」という規制にしたがうようになる。というわけで、子供も、きょうび、めったに泣きはしないのであるが、しかし、この感情蔑視の背後にはさらに、霊との共感を失っていった近代人の道程が透けてみえるのではないか。

人間、歳をとると感受性がにぶるように思われているが、しかし、これは正しくない。老齢になると、ある種の感受性だけは極端にするどくなり、不愉快なことには生理的に耐えられなくなる。つまり「こらえ性がなくなる」というやつだ。

そのこらえられぬ刺激の一つが泣き声である。これは不愉快で耐えられぬ。というわけで、老人ほど泣く子に甘い——つまり泣く子に耐えられぬので、つい、子供に甘くなってしまう。

そういうことを考えあわせると、人間はしだいに他人が「泣く」ことにたいしてこらえ性をなくしてきた、その道程が文明であるように思える。

他人の泣き声、涙にたいし、その中にわけ入って共感することができなくなり、そして、それができなくなるにつれ、泣き声は生理的に不愉快な一刺激にすぎなくなり、こうして、「泣くことはみっともない」という社会的、倫理的規制ができあがったのである。

泣く　Ⅱ

他人が泣くことに対してひとは次第に寛容でなくなった、と私は言った。要するに、泣くのはみっともないという考えがだんだんにひろまってきたのである。だから、子供でさえ、近ごろはめったに泣かなくなった……。

ところが、右の現象とはうらはらの一見、相矛盾するような事実もある。それはこういうことだ。

南博氏が昭和二十五年に行なった調査がある（『日本の流行歌』『夢とおもかげ』所収）。流行歌の歌詞の中から、いくつかのキイ・ワードをえらび、その頻度をしらべる調査である。これによると動詞では「泣く」が圧倒的に多く、調査対象の六十一曲中三十三曲。つまり、「泣く」という文句の現われる曲が、全体の半分を占めるのである（ついでにベストスリーをあげると、「別れる」二十曲、「想う」十二曲）。名詞では、「涙」がやはりトップで十六曲であった。

この数字は戦争直後のものであり、二十年たった今は、そうとう変わっていると思われるかもしれない。ところが、そうではない。佃実夫氏が二十年後の昭和四十五年、南博氏と同じ手続きで調べた結果は、動詞では「泣く」が百十曲中四十三曲でトップ。普通名詞では「涙」が、同じく百十曲中七十八曲でやはり名詞のトップであった。

これはどういうことだろうか。

まず言えるのは、戦後二十年たっても「泣く」とか「涙」とかのことばに対する愛好は決して弱まってはいないということである。どころか「涙」についていえば、数字はいちじるしく増大している。

ということは、日本人はやはり依然として「涙」好き、ということになるのか。私はここの解釈がむつかしいところだと思う。

*

たしかに私たちは、涙ということば、泣くということばを好む。とりわけ、哀愁のメロディーとともにこれらのことばが発せられるのを好んでいる。これはもう、まちがいのないところだ。しかし、だからといって日本人は他人の涙に寛容であるし、一般に「泣き」好きだという結論が出てくるだろうか。もし、そうだとしたら、私がさきにのべた仮説は全面的にくつがえされることになる。

能にはシオルという型があるが、これが日本人の泣くしぐさの一つの典型であろう。目の前へかすかに手をかざす。これは涙をかくすしぐさである。この「かくす」という動作によってかえってはげしい慟哭の秘められていることを観客に訴えるのである。

観客の側からいえば、かくされた涙を思いやることで、その涙に共感を感じる。もし手放しでオンオン泣かれては、まるで興ざめになってしまう。それは喜劇の領域なのである。悲劇では、なによりもまず抑制がなければならない。これが日本人の涙の美学である。

戸井田道三氏は歌舞伎における泣く演技を次のように叙述している。「若い男女の道行きで二人背中あわせに泣くときなど、手ぬぐいを口にくわえ首をこきざみにふるわせる。泣き声を出さぬよう自分をおさえて泣いている型である。またおやじどのが泣くときはひざがしらの上に手ぬぐいをわしづかみに突っ張って泣くのをこらえてみせる。こういう抑制が見る人の感情をひっぱりこんで役者と観客とのあいだに気分的了解をなりたたせ、『芝居に泣きにゆく』結果をもたらしたのだ」(『日本人の演技』)。

はっきりいえば、私たちは他人の「涙」に泣くのではなく、他人の抑制に泣くのである。泣きたい心持ちをぐっとこらえるその抑制の身ぶりに共感しているわけだ。
ということは、現実社会において「涙」とか「泣く」ということがいかに忌まれ、きらわれているか、いかにそれらが抑制されているか、ということを示している。象徴として、身振りとして、あるいはことばとして、「涙」があらわれるときも、その涙の根源にある慟哭ではなく、涙をこらえる抑制のほうに深い意味が託されている。ところで抑制とは、社会秩序への屈服である。「そっとこらえる涙」といった「忍び泣き」は、露骨な感情表現をきらう社会秩序にわが身を適応させるという姿勢の表現である。「いじらしい心根」の表現である。

イタリア映画「道」の主演女優ジュリエッタ・マシーナが顔に両手をあてて悲しむ演技は、日本映画からのヒントによって生まれたそうだ。いじらしい抑制の表現が国境をこえた一例といえようが、しかしそれだけになお、この種の「忍び泣き」がわが国の感情表現の伝統にいかに根をおろしているかを示しているともいえる。

わが国独特の感情表現として「泣き笑い」というしぐさがある。とくに家庭劇などで得意のしぐさであるが、これも抑制の一形態にすぎないのである。笑うというのは、多くの場合、人を攻撃し、おとしめるトゲを持つ。そのトゲは泣くことによって——つまり、抑制の表現によっていちじるしく緩和され共感と和解のムードに変わってゆくのである。

しかし、それにしても、流行歌にあれほど多く「涙」とか「泣く」とかのことばが現われるのはなぜだろうか。

ひとは思う存分泣いてみたいと思っている。しかし、現実がそれをゆるさない。その許されぬ涙をそっとこぼす。そこに日本人の「涙」愛好の根源がある。「泣く」ことは、わが国ではけっきょくはいじらしい屈服の姿勢なのである。

この屈服の涙から共感の涙へともう一度、「逆行」しながら「発展」してゆくその道筋を、未来社会の姿として思い描いてゆきたい。

むすぶ

むすびのことばに代わるものを書いておきたい。

「しぐさの日本文化」という題からして耳慣れぬものであった。「しぐさ」のなかに見られる日本文化の特徴、といったものをとりだしてみたいというのが、当初のねらいであったが、それがうまくいったかどうか、心もとない。

もとより体系がはじめからあったわけではなく、構想といえるものさえ、正直いってなかった。文字どおり「思いつくまま」に話題をひろってゆこうというつもりであった。そのほうが、はじめから枠を作り、その枠に当てはまる例をひろってゆくよりも、いくらかおもしろいことに気づくかもしれない。そういう考えだった。

人間の身振りというものに興味をもちだしてから何年になるか。とにかく、いつかこういう問題にふれてみたいという気持は前からあった。さて、いよいよ人前でそういうことについてしゃべらねばならぬという段取りになって、はたと困ったのは、まず題である。つまり「身振り」とするか、それとも「しぐさ」とするか、である。けつきょく、ことばのすわりぐあいからして「しぐさ」ということばを選んでしまったのだが、まあ、これでよかったのだと思っている。

ゼスチュアという一つの外国語を、日本語では、しぐさと言い、身振りと言う。しぐさのほうは、ふつう、舞台の上での身振りのことである。人に見られることを予想している。しかも、ほんのちょっとした微妙な身振りである（大げさな身振り、とは言うが、大げさなしぐさとは言うまい）。

日本人の身振りは、けっきょく、こういうしぐさに収斂《しゅうれん》するのではないか、と思っている。舞台、というのは一つの安定した枠である。その枠にはまった安定した身振り、とりわけ手もとの微妙な表現に、私たちは何かほっとした気分を味わうようである。微妙なニュアンスをふくんだまま、それは安定しており、その安定をささえるものとして、前にのべた「見立て」の文化がある。

「しぐさ」といったものにまで洗練されていない身振りにも、やはり、安定への志向がある。たとえば「すり足」や「咳払い」にみられるように、宗教的起源をもつ無意識の身振りが、私たちの心持ちを落ち着けているようである。

さらに、さまざまの身振りをささえ、統合する「姿勢」に目を移すと、ここでは、坐の姿勢が基本になっていることに気づく。この姿勢は、かつては中国から移植されたものだが、今はもう中国では消えてしまった。そして日本文化を統合する姿勢として私たちになじんでいる。このことは多くの識者にすでに指摘されていることだが、さらに、たとえば「しゃがむ」姿勢といったものに、私は、活動と安定との間にバランスをとる「悠久の眼差し」を見るのである。

しぐさ、身振り、姿勢——それらは、けっきょく、人間関係をととのえるための、精神・身体的表現であり、そういったものが、ある社会的まとまりをもつと、私たちは、いかにも日本人らしいとか、いかにもアメリカ人らしいといった印象をうける。文化の型の刻印がそこにしるされているように思うのだ。

日本人の人間関係の特徴は、「つながり」と「へだたり」という、二つの異なった原理であらわされるように私は考える。襖の向こうでまずお辞儀をする。「もそっと近う」とか何とか言われて、しだいに殿様に近づいてゆく。昔のああいった「へだたり」の行動様式は、人と人とのつきあいには、抑制がなければならぬということを端的に示している。日本人の、おどろくばかりの身振りの少なさは、自制心の表現にほかならず、したがって、身振りを抑制することが、じつは逆説的に、一つの自己主張ともなっているのである。自制心のよくきいた人物、ということが人物評価の基準となる。

人との適当なへだたりを保ち、感情表現を抑えながら、しかし同時に、たえず相手へ「同調」の信号を送る。たとえば、一言ごとに相手に「あいづち」を打ち、「やっぱり」とか「そうですね」といった同調のことばをつぶやく。

日本文化の中では積極的な意思表示は、「へだたり」を深め、固定させてしまう働きしかしないのである。大事なことは、「へだたり」から出発しながら、次第に相手と「なじむ」、なれ親しんでゆくことである。

「いけばな」にみられるクッション型コミュニケイションは、人を正面から見すえることをしない、――相手をこちらの意思で抑えこむことをしない慣習とかかわりをもつ。いけばなの表現は、花に加えた抑制の「かたち」が、自分の内面の「かたち」となりおおせたところに成りたつのである。このような抑制、つまり「伏し目がち」の人間どうしは、たがいに「肌があい」、肌に「なじむ」のを感じ、心をかよいあわす。すなわち「つながり」ができあがる、というわけだ。

「なじむ」という道筋をへて「へだたり」の原理は「つながり」の原理へと、それこそ、つながってゆく。人と人とがつながれるのは、このような当人の心もち、心ばえにもよることだが、また反面、人と人とをつなぐ物（たとえばいけばな）、人と人をつなぐ人（たとえば幼児、仲人）、さらには人と人をつなぐ時間的・空間的へだたり

（間とかあそびの空間）のはたらきでもある。或る種のへだたりが逆につながりをつくるという微妙な感覚……。こうして作られた（しかし一見、作られたとは見えない）「つながり」の世界は、私たちが現世の向こうに夢みる桃源郷となる。

以上、私は、私の雑多な印象文をまとめ、まとめることで「むすび」としたわけだが、このようにして「むすぶ」こと自体、日本文化の特徴をあらわにしているという気がしないこともない。紐と紐とをむすび、米粒をむすび、手と手をむすび、――このようにして、私たちは「つながり」の世界をかいま見、確かめ、そして安心の境地へといたるのである。

解説対談　純粋溶解動物——加藤典洋と

さまざまな低さ

加藤　「『貝の中』の謎[1]」という最近の文章がおもしろかったですね。「カイガラムシはサルスベリの木なんかに寄生するイボみたいな変な虫だ。あまり変なので昔の人は植物のイボだと思い、虫とは思わなかったくらい。というわけで日本ではイボ太郎という異名をたてまつられた。（中略）この虫は樹木にぴったり寄生してしまうと体が溶け出す。脚を失ない、目鼻を失ない、ただ消化器だけで樹液を吸うている。小さな白いイボイボみたいになって。こうなると、どこが虫の内であり外なのだろう」

　これを多田さんは「純粋溶解動物」というふうに名づけてるわけですが、いなくなりたいという欲求というのが自身を否定するところまで行っちゃった。死ぬよりももっと先まで行ったのがこのメタファーになってるというのが、僕の直観なんです。

それはどういうことかなあと思ってて、思い出したのが『遊びと日本人』(2)の「学びとしてのパチンコ」ですが、ここで、ロジェ・カイヨワの遊び説に、多田さんは珍しく強く反発してるんですよね。多田さんというのは、のらりくらりしている人ですが、どういうところで身体がぴくりと反応するのか、よくわかる。カイヨワはパチンコをどういうかというと、「玉のきらめきは文字どおり催眠的だ。パチンコで得られるものは明らかにゲームであり、ゲームのみである。しかも低次元の空虚なゲームである」

「低次元」がキーワードですね。つまり遊びというのは本来立派なものだというんです。

これに対して多田さんは、遊びというのは下らないものなんで、遊びからまた下らないものをとり除いたら自分のモティーフがなくなるという。結局、消化器官だけで残るということなんです。いちばん下らないところで残る。つまり、遊びの中から注意深くカイヨワが切り取っている、低次元でだめなところだけで生きる。だから目鼻がなくなる。脚もなくなる、もちろん頭もなくなる。で、これは死ぬ以上なんですね。いちばん低級な存在というのは死ぬなどという高次元なことはしない。消化器官だけで生きる。そういうふうなものとして残りたい。

東北の山の道には、尾根づたいに進む道の他に、沢づたいというか低いところに沿ってゆく道というのがもう一つあります。日本の文化の中で、「低さの精神史」ということが、もう一つ可能だと思うんですね。「さまざまな低さ」ということを多田さんはずーっと追求してきている。例えば「私たちに親しい日本民俗学、とりわけ柳田学、折口学は、身近なもの、小さなもの、卑しいとされてきたもののなかにかえって深い意味を洞察してきた」という文章があって、これは『遊びと日本人』の文章ですが、それが生かされているのがここの『しぐさの日本文化』なんだろうと思うんです。

この「身近なもの、小さなもの、卑しいとされてきたもの」というのは、じつはさまざまな〝低さ〟ですね。そういうふうに、落ちぶれたものとか、格好の悪いものの、流行遅れのもの、さまざまな〝低さ〟の中にむしろ深い意味を洞察してきている。その最終的なメタファーというのが、「純粋溶解」、つまり自分をなくす、なんじゃないでしょうか。

ゴールの死、プロセスの疲労

加藤　僕、三年くらい前かな、森林公園というところに家族で行って、雨にざあざあ降られた帰り、ずぶぬれになって、仕方がない、温泉にでも入ってやろうと思って探したら、いかにもダサいラドンセンターがあったんですよ。で、おっ、と思って入った。そこはほんと、とても多田さんが行けるようなところじゃない。

多田　じゃ僕より零落趣味が深いわけだ。

加藤　とにかく田舎のジジイ、ババア、という人が集まっていて。薄汚い和室でみんな浴衣なんか着て、酔っぱらってギャーギャー、子供がワーッ、もうとんでもないわけですよ。そこに僕はビール一本とって、ぼーっと坐ってた。これがほんとに泥につかるというか、「純粋溶解」という感じだったですね。そのときに、あ、これはなかなかいい（笑）。このとき思ったのは、ミシェル・トゥルニエの『ロビンソン――フライデーあるいは太平洋の冥界』の中に出てくる話。ロビンソン・クルーソーが島に漂着して、そこでブルジョア社会をつくるんだって頑張る。しばらくやると猛烈、憂鬱になっちゃうんですね。そうするとロビンソンは野原に行く。じめじめした沼沢地帯に大きな岩があって、その下にぬるい泥がある。その中にちょうど首のところまでつかっていると、心が休まる。ほんの少し元気になってくる。あの感じですね。

レヴィナスに「イリヤ（il y a ……が在る）」という概念というか反概念があります。ハイデッガーがものを考える基本に死に対する不安、つまりゴールの不安を考えたのに対して、レヴィナスという人は生きているときの、けだるいとか、朝起きてからベッドから起き上がるのがいやでぐずぐずしてるとか、そういうプロセスの疲労を対置したんですよね。死じゃなくて、ただ「在る」、イリヤという状態。それをどう考えるか。もちろんいろんなイメージの仕方があるけれども、その一つが僕にとってはこの泥のメタファーなんですね。

僕は多田さんの仕事はそういう射程を持っていると思う。いなくなるんじゃないんです。いなくなるというのはハイデッガーの死に対する不安。だけど、これは消化器官で「純粋溶解」して、ほとんどイボみたいな状態で生きるというね。大きな意味でレヴィナスの生の疲労につらなっている。

花田清輝の『復興期の精神』にクラヴェリナという海鞘《ほや》の一種がでてきます。水をとりかえないでいると、だんだん退化していって、単細胞になり、死んだように見える。でも水をとりかえると、再び細胞分裂をはじめ、生き返る。さまざまな低さの究極にあるイメージが、あのカイガラムシで、そのメタファーの強烈さ、凝縮度からいうと、これはこの花田清輝のクラヴェリナに匹敵するんじゃないかというのが、まあ僕の感想です。

考えてみると多田さんは最初から、それこそ十代のときフランス文学にぶつかった時からこの「低さ」というのを唯一の生きる糧にしてきたというところがあるように見える。いかにもフランス文学というものへの反発もないわけではない。それがいちばん動揺を来したのは、やっぱり鶴見俊輔さんあたりとつきあったころだと思いますね。『思想の科学』とかね。そのへんで、かなりぎりぎりのところで、「でもやっぱり私はこれです」という感じで、低さで来たというのが多田さんがやってきた仕事かなあ。そういう多田さんの一貫した零落趣味が、とうとうこういうところまできた。そういうところが面白いと思う。

うんこと魂

多田　「『貝の中』の謎」は、戸井田道三さんの著作集が筑摩で出て、その記事をＰＲ

誌「ちくま」で書かないか、というのが契機だったんですね。僕はこういうもんを書こうとは思ってなかった。むしろ戸井田さんに正面から挑戦するか、それとも持ち上げるか、戸井田さんの開いた道を明るく照らすようなもんを書こうと思ったわけ。戸井田さんの文章で僕がいちばんショックを受けたのは、アイヌ民族の熊祭り、あれで正確に人体を再現するわけです。そのためには非常に鋭利な刃物が必要だ。だから、刃物の存在がなければああいう格好の祭りもできないし、熊の魂というのはこういう形なんだという表現もできなかった。そういう意味のことを書いておられて、なるほどと思ってね。刃物で分断して、それによってきちっと自分の形を、あるいは文明の形を見定める。僕はこれこそ哲学のいちばんすごい形だろうなあと、感心したわけですよ。

しかしそれを書いてるうちに、何となく自分がそこからずれていくの。そういうのがいいなあと思いながら、どうもこれは……。なんか僕の気分がおかしくなるような（笑）、そういうふうなところへ逸脱したわけですよね。その逸脱した後のおまけみたいな格好で書き出したわけで。ですから、やっぱり戸井田さんのきっちりした分析の方法、文明に対する視角に寄りかかって、そこに寄生しながらちょっと別のことを言ってみるというのが僕の好みなんだなあと、書き終わって思ったんですよ。

加藤　書かれ方も面白かったですね。「ターミネーター2」、次が「溶解」、それでこのカイガラムシ。「ターミネーター2」のぐうっと変わるあのイメージというのは、なかなか喚起的でね。諸刃の剣という言い方があるけれども、「ターミネーター2」に溶解金属の話が出てくる、あの感じ。対象を深く刺す刀が、逆にずーっとこっちにも深く刺さってくる。こっちというのはつまり、多田さん。

多田　おっしゃるように向こうを突き刺すと同時に僕の場合はこちらを突き刺すという、そういう感覚はあるんですけれども、ただし、刃物がいやだ、とそこに書いてないですか。「ターミネーター2」で、溶けてるのは面白いけれども刃物はいやだ、と。

加藤　あ、「刃物に偏するというのは僕の趣味ではない」と書いてある。

多田　でしょう。そのへんでずーっとゆがんできてね。そういう刃物で切ったような分析的な文明の形とか、あるいは自分の切られ方というのは何か身にそぐわないなという感じが、書いてるうちにだんだんしてきたんです。そのうちに突如チョウチンアンコウとかカイガラムシのほうに逸脱して、飛躍していくわけです。

それから、消化器というふうに僕がいってるのは、一九八五年ぐらいに僕はガンで胃を切った。そのころ、消化器系によって、どうこの宇宙に頼ってるかとかいう、その感じが目覚めだしたんだと思いますね。それから三木成夫の『海・呼吸・古代形象』。ああいう本を読むと、やっぱり人間にとっていちばん大事な存在は、口から入ってお尻から出るまでの一本の消化器系の流れであると。胃袋が仮になくなっても小腸とか大腸が代用して、全体の消化の流れをつくるわけですね。その中に、臓器とか免疫系なんかが豊富に密着してるわけ。ですから魂というものが、あるいは心というものがあるとすれば、消化器官に宿っているんじゃないだろうか。頭対内臓の関係ですね。頭のほうは知的分析を担当して、やがてコンピュータになるような格好で……。

加藤　「思う」という字ですね。

多田　ええ。三木さんの比喩によれば「思う」という字の上の「田」は田んぼではなくて、人間の脳を四つに分割したのを上から見た形。下の「心」というのは血液循環に携わっている心臓ですね。で、心というのは循環器系、消化器系として広く分布してる。面積にすると、確かテニスコート二、三面分ぐらい広がってるんですね。

加藤　あ、そうなんですか。

多田　樹木の樹皮みたいなもので。そこで光や水を受け取って、あらゆる宇宙との交流をやって、それで命を永らえてる。ですからいちばん大事なとこなんですね。植物にとっては表層が大事なんです。ただ動物は動かなきゃならないから、樹木の皮をくるっと内側へひっくり返して、それを内臓に仕込んで、ポータブル化して移動する。実はこれが、外界と続いているいちばん大事なところ。植物にとっては表層、哺乳動物なんかにはからだの深層。ですから口とお尻の穴、これを宇宙に向かって開放しておかなければならない（笑）。

ロダンの「考える人」というのがいちばんいけないそうですね。なぜか。あの像を見るとこうして口を塞いでるわけ。それからお尻の穴は、椅子にしっかり腰掛けてわざわざ塞いでる。そういう悪い状況で考えてること自体がもうおかしい、と。

これはもう僕の我説になるけど、ルソー風に手足を自由にして、口をポカンと空にして。それから蕪村の「大徳《だいとこ》の糞ひりおわす野分かな」。野分がわーんと吹いてる中でうんこするというのが、人間の魂のいちばん大事な表現なんですね。こういうのが三木さんの哲学から学んだもんですけれども、実感的にはやっぱり、胃を切って、それでも消化器系で寄生せざるを得ないような世界というもの、そこに僕の「寄生」というイメージが出てきたんだと思います。

せり上がりとせり下がり

加藤　これは、エッセイ自体としてもなかなか名エッセイなんですよ。文章が、どうでもええわという感じで。ラジオのチューニングで、かなりずぼらにウウッてツマミを回す、そういう暴力的な、なんか快感がある。

多田　四、五年間俳句を読んできて、俳句に寄生したでしょう。そのうちにそのスタイルになってきたんですかね。もう俺は寄生でええわ、と。寄生することでなんか批評みたいなもんが出てくるような、そういうスタイルはないだろうかということを模索したんでしょうね。『週刊新潮』の「新句歌歳時記」は五年続けてますが、はじめの二年は寄生してるもとのものにかなり近いんです。が、やってるとくたびれてくるんです。ああ、もうしんどいわ、いうてだんだんずり落ちてくる。寄生する先を自分勝手に選び出すんですね。そのうちふてぶてしくなるわけです。その変わり目がわれながら面白いんですけど。鶴見俊輔さんの分析によると、戦争中の旧制高等学校の生徒にはそういうふてぶてしさがあったというのね。ほう、そうかな、と驚きましたけど。旧制高校時代にボードレールをやり、文学青年になって、人生ごろっと変わっていったんですけど、生きるスタイルでいえば、そのころ身につけた「ふてぶてしい」気分がずーっと生き延び続けたようですね。まともにどんどん押していくより、スリー、ツー、ワン、ゼロとカウントダウンして何となく耐えるほうがどうも人生として楽しいやないかという。

アカデミスム、フランス文学、もう一つ、思想の科学研究会、この三つが異質なものとして僕を教育してくれましたね。だから、そのためのこわばりがその後、特に僕の二十歳台、三十歳台にはかなり強く出ているんです。でも、それはそれなりに僕としては愛着がある。僕の中に、カウントアップしていくような面もあるんですね。いわゆる秀才なんですよ。アップしていこうと思うとかなり面白くアップできるわけです。

僕は値段をどんどんアップしていく「せり上げ」しか知らなかったんですが、「せり下げ」というのがあるんです。

加藤　どこでですか。

多田　大田の花市場。世界の花市場で幾つかそういうシステムをとってるところがあるそうです。せり上げは、値段をどんどんつり上げていって、このバラは一本なんぼというところで、もうそれ以上声がかからない最高を狙うわけですね。ところがせり下げのほうは、だいたいの相場がこんなもんだというのをはじめに決めておくんだそうです。それで声がかからなかったらだんだん下がっていく。これは面白いなあ、資本主義にそういうせり下げのシステムがあったんかと思ってね。

加藤　「せり下げ」って面白い言葉だな。

多田　文学もせり下げの巧妙なシステムがいろいろ組まれていて、例えば耕治人《こうはると》のものとか、川崎長太郎《ちょうたろう》のものとか、僕も大変好きなんですけども、しかしこういうスタイルもとりにくいなあ。鶴見さんに会った思想の科学研究会ではだいたいせり上げだったと思います。ずーっと頑張ってせり上げていく。いちばん高い人に何とか合わせようと思うて。

昔、桑原武夫先生に言われたことがありますね。「多田君、きみは秀才ばっかり、あるいは天才に近いような人ばっかりと付き合ってしんどいやろなあ」（笑）。ほんとしんどかったですね。

鶴見さんと付き合って、『思想の科学』の編集のお手伝いをしていたときでも、何か書けと言われてほんとに悩みましたね。ちゃんとしたせり上げにならないで、しかしやっぱりせり上がりたいという（笑）、両方がありました。そこに最初に書いたのは「国定忠治論」。ヤクザに目をつけることがせめてもの僕のせり下げ意欲の現われだった。「漫才の思想」もそうですね。

加藤　僕は、戦後の昭和二十年からの十五年間、「低さ」を手放さないのは特に難しかっただろうと思うんです。その印象というのは、今おっしゃったようなことだろうと思いますね。当時のもので見ると、破滅志向というのはあります。でも、これはさっき言ったハイデッガーみたいなものなんですよね。要するにゴールが決まってて、そこにまっすぐ下りていく。太宰の下降志向とか、破滅型の葛西善蔵とかというのと、多田さんの落ちぶれ志向は違うんですよ。確か梶井基次郎に、泥濘の崖に身を置いたらずるずると下がっていって、非常に奇妙な気持ちを味わったという短篇があるけれども、そういう、一気に落ちるんじゃなくて、泥をずるずるっと滑っていくような、せり下がり。レヴィナスがつかんだイリヤなんてのは、そういうふうにしてじゃないと見つからないものでしょう。

多田　レヴィナスはほとんどサルトルの陰に隠れて……。同世代ですか。

加藤　そう。サルトルにフッサールを教えたのがレヴィナスらしいですね。

多田　僕はサルトルの『唯物論と革命』を翻訳して、それはその後も『サルトル全集』に載り続けてるし、間違いは一つもないんです。二十四歳のときの翻訳ですけど、僕はせり上げとしてはかなりのとこ行ってたんだよ。

加藤　いや、多田さんはとんでもない秀才ですよ（笑）。

多田　突如、「いややなあ」という気分になって。不思議な心の傾きで、自分でもよくわからなかったですね。そのサルトルさんが、ボーヴォワールさんと一緒に僕の家を訪問しはって。そのときの対話はほんと惨めだったね。あなたみたいに、せり上がりをシステマティックにやろうという気はないんだ、というふうなことが、言おうと思っても言えない（笑）。能面の「べしみ」みたいに黙ってた。何ともいえん不思議な嫌悪感が自分に対してありましたね。それはサルトルさんだけじゃなくてカイヨワさんのときもありましてね。『美学入門』のルフェーブルさんとも、レヴィ゠ストロースさんとも、世界のトップの知性と会ったときは大抵同じような感じでしたね。カイヨワさんに対してはいちばん攻撃的になったけど。でも、サルトルさんとはもう論争のきっかけもつかめないぐらい。ですからレヴィナスがサルトルの陰にいた人だということを知って、なるほどと思いましたね。

加藤　まったくそうでしょう。いまでた「べしみ」への着目というのが、もう一つ多田さんと話したいことで、ここではしょりますが、レヴィナスという人はハイデッガーに対してそれこそ「べしみ」だった。いちばん理解もしたけれども、自分はユダヤ人だし、どうしても違う。反逆でも服従でもない微妙な立場、「べしみ」の中からつくり出した思想といえるんじゃないでしょうか。

『しぐさの日本文化』の姿勢

加藤　戦争中からの大愛読書だったですね。

多田　もともと加藤さんに教えてもらったレヴィナスの「疲労論」(「疲労と瞬間」『実存から実存者へ』所収)、あれはほんとに感動したね。僕によう似た人がいるなあと思って。あそこで取り上げられているゴンチャロフの『オブローモフ』は実は戦争中からの大愛読書だったですね。

加藤　書かれてますね。

多田　あれが僕の怠け志向の最初。だから、カウント・ツーぐらいのところで、こんなふうに暮らせたらええな、これは素敵な生き方やなと思った記憶があります。それをレヴィナスは「疲労論」の中で実にうまく分析してますね。気分の分析という点では最高の人じゃないでしょうか。
ベッドの上に寝ころがってて、起こされる。「降りないかん」と思うわけです。思って足がここまで行くけども、そこからどうしても足が伸びていかないんですね。で、ベッドの下にマットが置いてあって、その上のスリッパへ足が行くまでの、その過程そのものが生だ、と。いやだなあと思いながら、妥協してスリッパをはいてしまうまでの……。ほんとにそうだと思った。こんなにはっきり言うてくれた人は珍しいな、と。

加藤　なるほど。

多田　その過程で、いろんなしぐさが出てくるわけですね。それにすごく興味を持ってしまうんですよ。そういう過程で出てくる妙なものというのはいったい何だろうというのが、いま思えば「しぐさ論」をやるとき僕の興味があったところですね。当時、日本文化の再評価の動きもあって、その中で、僕なりにせり上がってやろうかという気があったことは事実ですね。民俗学とか文化人類学のエッセイを書いてせり上がる。でも、しぐさとして一つひとつ書いていくと、せり上がりのもんはなかなか出てこないですよ。むしろ「あくび」とか「くしゃみ」とかね。

加藤　この中で「しゃがむ」というのは古典になったと思いますね。

多田　これ、本多勝一さんが褒めてくれてね。彼はそれで自分のエッセイ集に『しゃがむ姿勢はカッコ悪いか？』という題をつけて、これを引用している。ところが彼がすごく感激したのは、僕が戦後、酔っぱらって、路地のどっかでしゃがんでた。それを背の高いアメリカ人に「スタンダップ」とか何とかぼろくそに言われたという話。そのとき「何でしゃがむのは格好悪いんやろ」と思ったのが僕のこれを書く動機だけれども、本多さんは「アメリカ人がそんなこと言う権利があるか！」と言うて（笑）、毅然とカウントアップの感じで……。

加藤　せり上がりになっちゃう。

多田　ありがたいけどくすぐったいような、申しわけないけれど久米正雄ふうにいえば微苦笑せざるを得ないようなところがあったんですね。日本文化論の大きな動きとずれてしまうようなところをいつも影みたいに持っていて、その影のほうに僕の愛着があるというのが、なかなかわかってもらえなかったですね。

加藤　『しぐさの日本文化』は「ものまね」から始まってますよね。始まり方が快調なんです。落下傘で問題の真ん中に飛び下りて、そこから始まる。それから「咳払い」「すり足」とか、低いところでいろんなしぐさを全部見つけてくるかと思うと、「いけばな」みたいなものが出てくる。ここでとらえられているものはむしろ空から落ちてきているという感じ。いつも低いところにずっといて、急にいちばん高いところから光が差す。そういう両極端なところが、多田さんのものの見方にはあると思います。

多田　外国へ行った日本女性の中で、『しぐさの日本文化』を頼りにして文化的圧迫に耐えたとかいう人がいて、びっくりしましたねえ。どういう耐え方してくれたんかなあ。そういう人はかなり戦闘的に耐えてる人だったんでしょうね。

加藤　要するに外国のコードからいって、格好の悪いしぐさが集まっているんですよ。禁じられてるしぐさが。ここに「おんぶ」が出てくるでしょう。僕が最初カナダに行ったとき、下の子が一歳で上の子が四つ。零下二十度の中スーパーマーケットに行って、袋が四つくらいになっちゃう。それで妻がおぶい紐を持っていって下の子をパッとおんぶした。そしたら、周りがみんなハッとして振り向きましてね。つまり前じゃなくて背中。北米インディアンの負い方とおんなじでしょう。おんぶ一つにしてもこういうことがある。なかなか、奥深いものがあるわけですよ。

多田　だから南米のラパスやクスコでおんぶしてる女性、懐かしい気がしてにこにこっと笑いかけるんだけど、向こうは気持ち悪い外人が笑いかけてるなあと思って、横向かれてしもた（笑）。

加藤　この「低さ」、これがいい。「それが日本文化の奥深さなんですよ」という感じの本なんですよね。それをまた、京都の人が言ってるからね。僕なんかが言っちゃだめなんだけれども。なかなかユニークな日本文化論で、ある意味で、京の文化を極めていないと言えない（笑）。

多田　りっぱな型になった芸術は、一応鑑賞はできるけれども、それほど僕の深みに届かないんですね。能狂言も、いけばな、茶の湯も、わかるつもりではあるんだけれども、届かないんですよ。それよりも普通の人が気がつかないで変な格好をする、その行為のかたちに日本人の、人間の深みを感じてしまうんですね。デズモンド・モリスのヨーロッパの生態調査的なジェスチュア論とは、全然違うんですね。

加藤　『しぐさの日本文化』は、ほんとに日本料理に似て、おいしくないとこ全部捨てちゃった、かなりわがままな本ですよね。網羅的あるいは水平的な仕事じゃなくて、垂直的な社会学、反社会学的な社会学になっている。

多田　『ことわざの風景』[4]というのもかなりわがままなものですね。日本人の知恵をことわざで探ろうというのとは違うんですね。出版社の注文はそうだったんです。書いてるうちに、まただんだんひずんでくるんです。心ならずも。

加藤　ことわざというのは、寝ぼけまなこで見ないと正確に見られないところがあるのが難しいところで。つまり、「えっ！」と思って、じーっとことわざを見つめちゃったら、意味は出てくるけど、そこではもう死んでいるんですね。普通は寝ぼけまなこで、「犬も歩けば棒にあたる」って、どんな意味かほとんどわかんないまま使ってる。じいさんの、ほとんど見えてない目でこそ見えてる、というふうな感じで生きてるもの。そこのところを書かれたなかなか面白い仕事だと思います。

多田　「背に腹はかえられぬ」というのは何だろう、背中は腹にかえられへんて当たり前やないか。いろいろ文献がありまして、それはかなり勉強しました。しかしどういう意味やったか、僕ポッと忘れてしまうんやわ（笑）。まあ結局、寝ぼけまなこで見てるわけやね。そういう目で見ないとわからないようなものに、なんか感動してしまうようなところがあるようですね。

加藤　寝ぼけまなこ、落ちぶれ志向、泥のような眠り、そういうものが、とうとうカイガラムシまできたわけですよ。これはもう、背も腹もないというか、腹が背になる世界。なかなかいいタイミングで多田さんの仕事がまとめられるという気がします。

編集部注

この対談は、「しぐさの日本文化」を収録した『多田道太郎著作集』（一九九四年筑摩書房刊。以下、著作集）の全巻解説対談の一環として第三巻に付されたものです。第三巻には、「しぐさの日本文化」のほかに「ことわざの風景」ほか、いくつかの著作が収録されているため、対談では、それらの著作、また他の巻に収録された著作についても言及されています。

1　「『貝の中』の謎」雑誌『ちくま』一九九三年三月号に初出。『著作集3』に収録。
2　『遊びと日本人』一九七四年筑摩書房刊。『著作集4』に収録。
3　『ことわざの風景』の「せに腹はかえられぬ」。『著作集3』に収録。
4　『ことわざの風景』一九八〇年小社刊。『著作集3』に収録。

KODANSHA

本書の原本は一九七二年に筑摩書房、一九七八年に角川文庫から刊行されました。一九七〇年十月から七一年十二月にかけて日本経済新聞に連載されたエッセイをもとにしたものです。文庫化にあたっては『多田道太郎著作集3』(一九九四年、筑摩書房)を底本としましたが、単行本版、角川文庫版も参照しました。

多田道太郎（ただ　みちたろう）

1924（大正13）年京都生まれ。フランス文学者，評論家。京都大学文学部卒。京都大学名誉教授。明治学院大学，武庫川女子大学などでも教鞭をとった。ルソーやボードレールの研究のほか，日常の出来事や風俗から日本文化をとらえる評論で知られる。1999年『変身放火論』で伊藤整文学賞。2007年没。

講談社学術文庫

定価はカバーに表示してあります。

しぐさの日《に》本《ほん》文《ぶん》化《か》

多《た》田《だ》道《みち》太《た》郎《ろう》

2014年２月10日　第１刷発行
2021年12月24日　第４刷発行

発行者　鈴木章一
発行所　株式会社講談社
東京都文京区音羽 2-12-21 〒112-8001
電話　編集（03）5395-3512
販売（03）5395-4415
業務（03）5395-3615
装　幀　蟹江征治
印　刷　株式会社広済堂ネクスト
製　本　株式会社国宝社
本文データ制作　講談社デジタル製作

ISBN978-4-06-292219-7

「講談社学術文庫」の刊行に当たって

これは、学術をポケットに入れることをモットーとして生まれた文庫である。学術は少年の心を養い、成年の心を満たす。その学術がポケットにはいる形で、万人のものになることは、生涯教育をうたう現代の理想である。

こうした考え方は、学術を巨大な城のように見る世間の常識に反するかもしれない。また、一部の人たちからは、学術の権威をおとすものと非難されるかもしれない。しかし、それはいずれも学術の新しい在り方を解しないものといわざるをえない。

学術は、まず魔術への挑戦から始まった。やがて、いわゆる常識をつぎつぎに改めていった。学術の権威は、幾百年、幾千年にわたる、苦しい戦いの成果である。こうしてきずきあげられた城が、一見して近づきがたいものにうつるのは、そのためである。しかし、学術の権威を、その形の上だけで判断してはならない。その生成のあとをかえりみれば、その根は常に人々の生活の中にあった。学術が大きな力たりうるのはそのためであって、生活をはなれた学術は、どこにもない。

開かれた社会といわれる現代にとって、これはまったく自明である。生活と学術との間に、もし距離があるとすれば、何をおいてもこれを埋めねばならない。もしこの距離が形の上の迷信からきているとすれば、その迷信をうち破らねばならぬ。

学術文庫は、内外の迷信を打破し、学術のために新しい天地をひらく意図をもって生まれた。文庫という小さい形と、学術という壮大な城とが、完全に両立するためには、なおいくらかの時を必要とするであろう。しかし、学術をポケットにした社会が、人間の生活にとってより豊かな社会であることは、たしかである。そうした社会の実現のために、文庫の世界に新しいジャンルを加えることができれば幸いである。

一九七六年六月　　　　野間省一